KB121219

로크미디어가
유혹하는
재미있는 세상

ROK
MEDIA
로크미디어

Taming Master

테이밍마스터

테이밍 마스터 44

2019년 10월 10일 초판 1쇄 인쇄
2019년 10월 15일 초판 1쇄 발행

지은이 박태석
발행인 이종주

총괄 김정수
경영지원 배진경 임혜솔 송지유

기획 이기헌 왕소현 박경무 이승제
책임 편집 금선정

발행처 (주)로크미디어
출판등록 2003년 3월 24일
주소 서울시 마포구 성암로 330 DMC첨단산업센터 3층 318호, 319호
Tel (02)3273-5135 **편집** 070-7863-8586 **Fax** (02)3273-5134
홈페이지 rokmedia.com **E-mail** rokmedia@empas.com

ⓒ 박태석, 2016

값 8,000원

ISBN 979-11-354-3401-3 (44권)
ISBN 979-11-5960-986-2 04810 (세트)

44

Taming Master

|박태석 게임 판타지 장편소설|

테이밍마스터

CONTENTS

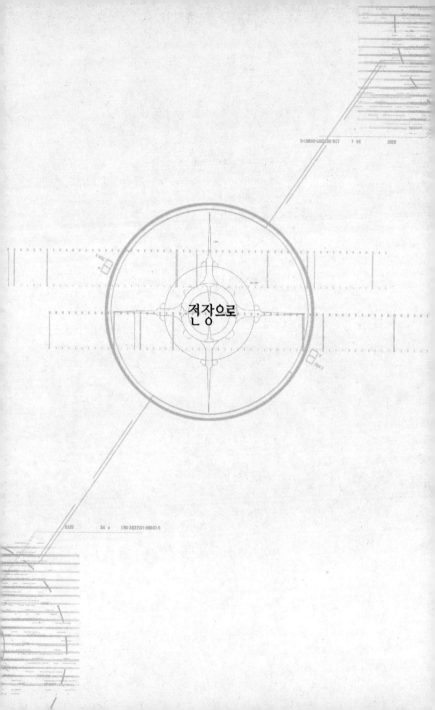

전장으로

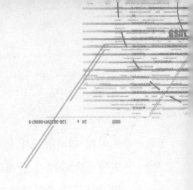

  기계 제단의 구조는 무척이나 복잡했다.

  하지만 그것은 그 내부에서 움직일 때 느껴지는 복잡함일
뿐, 외부에서 거대한 제단의 모습을 본다면 전체적인 구조는
오히려 단순한 편이었다.

  기계로 만들어진 마름모꼴의 구조물이 층층이 쌓여, 마치
피라미드처럼 하늘 높이 뾰족하게 솟아 있는 모형이었으니
말이다.

  하지만 이안이 제단의 꼭대기에 도착하여, 마지막 페이즈
에 도달한 순간.

  단순한 피라미드의 모형이었던 거대한 기계 제단이, 굉음
을 내며 변형되기 시작하였다.

기잉- 기기깅-!

끼긱- 콰앙-!

마치 피라미드가 무너져 내리기라도 하듯 최상층부를 제외한 중상층부가 단계적으로 내려앉기 시작하더니, 푹 꺼진 피라미드의 중심부에, 마름모꼴의 거대한 대전장이 만들어진 것이다.

그리고 그 일련의 과정들을 이안은 긴장하면서 지켜보았다.

이 정도의 퍼포먼스라면 분명 보스 페이즈임이 틀림 없었으니, 어디서 어떤 방식으로 전투가 시작될지, 긴장을 늦출 수가 없는 것이다.

이어서 모든 굉음이 잦아들고, 기계 제단의 움직임이 멈췄을 때, 이안은 살짝 의아한 표정이 될 수밖에 없었다.

'저 안으로 들어가야 되나?'

보스 룸이라고 생각했던 톱니 모양의 철문 위치가 대전장의 바닥으로 이동되어 있었으며, 그 안에 발을 딛는 순간 지하로 떨어져 내릴 듯 보였으니, 다시 한번 머뭇거릴 수밖에 없었던 것이다.

하지만 그러한 이안의 고민은 오래 이어지지 않았다.

드르륵- 철컹-!

듣기 거북한 쇳소리가 울려 퍼지더니, 톱니가 다시 움직이며 철문이 열리기 시작한 것이다.

커다란 대전장의 중심에 거대한 원형을 그리며 천천히 벌어지는 철문.

이어서 이안의 눈앞에, 새로운 시스템 메시지가 떠오르기 시작하였다.

−기계 제단의 기관이 작동하였습니다.

−조건이 충족되었습니다.

−제단의 가디언이 잠에서 깨어납니다.

−차원 마력의 영향으로, 거대한 자기장이 발생하기 시작합니다.

−자기장의 영향으로, '기계' 타입을 가진 모든 존재가 작동을 중지합니다.

……후략…….

메시지를 확인한 이안은 한 가지 사실을 확신할 수 있었다.

'지금 이 거대한 공간이 보스 룸으로 바뀐 거네.'

하지만 그와 동시에, 또 한 가지의 의문이 들 수밖에 없었다.

'그나저나 자기장이라는 건…… 대체 의도가 뭐지?'

사실 이 기계 제단이라는 곳은 기계문명이 만들어 낸 기술의 집약체나 다름없었고, 심지어 이곳을 지키고 있던 거의 모든 NPC들이 기계로 만들어진 존재들이었는데.

모든 기계의 작동을 멈추는 자기장이 보스 페이지에 생성된다는 것이 잘 이해되지 않았던 것이다.

'그럼, 보스는 기계가 아니라는 건가?'

이안은 머릿속으로 이런저런 생각을 떠올리면서도, 대전장의 가운데 벌어진 거대한 톱니에서 시선을 떼지 않았다.

그리고 잠시 후, 기계 톱니로 만들어진 거대한 홀Hole 아래에서부터 거대한 그림자가 천천히 모습을 드러내기 시작하였고.

-다카타루스(신화)(초월)/Lv.200(초월)

"……!"

그 존재를 확인한 이안은 적잖이 당황할 수밖에 없었다.

'뭐 이런, 미친……!'

마지막 보스 페이지를 지키는 녀석인 만큼 무식하게 강할 것이라는 예상은 했었지만, 그 예상조차도 훨씬 뛰어넘는 괴물 같은 녀석이 등장했으니 말이었다.

'정령왕이랑 동급이라고?'

일단 신화 등급의 보스인 데다가, 레벨 또한 정령왕과 동등한 수준인 초월 200레벨.

마치 히드라처럼 세 개의 용두龍頭를 가진 녀석은 위협적인 눈빛을 띤 여섯 개의 눈으로 이안을 내려다보았다.

-나약한 인간이여…….

'다카타루스'라는 처음 듣는 이름을 가진 거대한 괴수.

녀석과 눈이 마주친 이안은 점점 더 흥미로운 표정이 되었다.

녀석의 위용에 압도된 것과 별개로, 몇 가지 재밌는 사실들을 발견했으니 말이다.

'혹시 이 녀석…… 귀룡의 진화 형태는 아닐까?'

일단 다카타루스라는 녀석은 당연하게도 기계가 아니었다.

이것이야 '자기장'의 존재를 알게 된 시점부터, 너무 당연히 예상되었던 부분이고 말이다.

다만 이안이 발견한 '재밌는 부분'이라는 것은 녀석의 외형에서 발견한 몇 가지 특이점이었다.

'저 문양…… 분명 카그루스의 등껍질에 새겨져 있던 그 문양이야.'

이 무간옥에 처음 들어서면서 이안 일행이 가장 처음 만났던 간수장인 '기계 카그루스'.

녀석은 빡빡이와 비슷한 형태를 가진 분명한 '귀룡'이었는데, 이 '다카타루스'라는 녀석의 몸체에 카그루스의 등껍질에서 봤던 문양이 새겨져 있었으니, 연관성에 대한 생각을 하지 않을 수 없는 것이다.

약간은 비약일지도 몰랐지만 충분히 의심해 봄 직한 부분인 것.

그리고 여기까지 생각이 미치자, 다카타루스가 카그루스의 진화 형태일지도 모른다는 가정에 점점 더 힘이 실리기 시작하였다.

등껍질이 없고 머리의 숫자가 세 개라는 부분 때문에 첫인상이 다른 종種으로 인식되었을 뿐.

자세히 보면 볼수록 몸체 곳곳에서, 귀룡의 특징을 확인할 수 있었으니 말이다.

'비늘처럼 뾰족하게 돋아난 돌기들도 그렇고, 방패처럼 여기저기 붙어 있는 갑각甲殼까지…… 이거 재밌잖아?'

이안이 다카타루스의 형태에 관심을 갖는 이유는 귀룡의 진화 형태인 듯 보이는 녀석 자체가 탐나서 그런 것은 아니었다.

만약 이안의 짐작대로 녀석이 카그루스의 진화 형태라 하더라도.

진화 전 단계일 카그루스조차도 어디서 어떻게 구할 수 있는지 알아낼 방법이 없었으니 말이다.

다만 이안이 다카타루스에 관심 갖는 이유는 오랜 시간 이안의 파티에서 묵묵히 탱커 역할을 해 주고 있는 '빡빡이' 때문이었다.

카그루스가 빡빡이와 같은 귀룡이라는 것만큼은 확실했으니.

카그루스가 진화할 수 있다면 빡빡이도 진화할 수 있다는 가정이 성립되는 것이니 말이다.

게다가 빡빡이는 '완전체'도 아니었다.

물론 '진화 불가' 꼬리표가 붙어 있기는 하였지만, '완전체'가 상위 개체가 존재하지 않음을 뜻한다면, '진화 불가'는 상위 개체는 존재하나 진화시킬 수 없음을 뜻하는 것이었고, 그것은 조금이라도 희망적인(?) 사실이었다.

'이 녀석을 처치하면, 어떤 단서라도 얻을 수 있으려나?'

찰나의 시간 동안 수많은 생각들을 떠올린 이안은 다시 심판 검을 고쳐 쥐고 다카타루스를 올려다보았다.

"네가 이 제단을 지키는 가디언인가?"

-가디언이라…… 그런 하찮은 단어로 나를 칭하다니.

"……?"

-나는 다만 악신惡神과의 계약에 의해 잠시 이곳을 지킬 뿐.

"음……? 그게 무슨 말이지?"

-네놈이 궁금하다 한들, 더 이야기해 줄 이유는 없다.

"좀 얘기해 주면 안 됨?"

-어차피 곧 죽을 놈에게, 쓸데없이 길게 얘기하고 싶지 않군.

고오오오-!

날카로운 이빨을 드러낸 다카타루스는 허공을 향해 머리를 치켜들고 포효하였다.

그리고 그런 녀석의 반응에 이안은 쩝 하고 입맛을 다셨다.

평소처럼 화술(?)을 이용해 정보를 좀 빼내 볼 생각이었는데, 씨알도 먹히지 않았으니 말이다.

'까칠한 놈 같으니라고.'

다만 녀석이 움직이기 시작하자, 이안 또한 본격적으로 전투 준비를 시작하였다.

'쉽지 않은 싸움이 되겠어.'

그리고 그렇게, 무간옥에서의 마지막 전투가 시작되었다.

카일란에 존재하는 대부분의 요소들은 전부 제각각의 이유를 가지고 있다.

특히 던전이나 퀘스트를 구성하고 있는 요소들은 아무리 작은 것일지라도 이유 없이 존재하는 경우가 잘 없다는 이야기다.

그 때문에 이안은 이 보스 페이즈의 '특징'이라고 할 수 있는 '자기장'이라는 요소를 가볍게 흘려 버릴 수 없었다.

'분명히 어떤 이유가 있을 거야. 보스 페이즈에 자기장이라는 걸 깔아 놓은 이유.'

자기장이 흐르는 필드에서는 모든 기계들이 동작을 멈추게 된다.

정확히는 거의 동작 중지와 다름 없을 정도로, 강력한 디버프를 받게 되는 것이다.

그리고 이 사실을 바탕으로 이안은 한 가지 가정을 도출해 낼 수 있었다.

'자기장을 깔아 기계 타입의 접근을 막았다는 건, 이 보스의 약점이 기계 타입일 확률이 높다는 거겠지. 이게 분명 공략법과도 연관이 있을 테고 말이야.'

초월 200레벨의 신화 등급 보스가 가진 스펙은 지금 이안의 전력으로도 상대하기 힘든 수준이라 할 수 있었다.

200이라는 레벨에서 오는 무식한 기본 스텟이 '보스'라는 타입에서 한 번, '신화'라는 등급에서 한 번 증폭되니, 사실상 일반 몬스터 기준으로는 300레벨이 넘는 수준의 스펙이라 봐도 무방했으니 말이다.

그래서 이안은 처음부터 정공법으로 상대할 생각은 하지 않고 있었다.

이런 괴물을 정상적인(?) 방법으로 처치하라고 만들어 두지는 않았을 테니 말이다.

'초월 100레벨 이상이 찍기 쉬운 구조면 모르겠지만 말이야.'

하여 이안은 자신의 가정을 확인하기 위해, 빠르게 탐색전을 시작하였다.

다카타루스에게 피해를 입히려는 목적보다는 녀석의 정보를 최대한 수집하려는 목적으로 전투를 시작한 것이다.

그리고 이안은 어렵지 않게, 자신이 세운 가정에 대한 확신을 얻어 낼 수 있었다.

–파티원 '조나단'이 '어둠의 학살자' 고유 능력을 발동시켰습니다.

–제단의 수호자 '다카타루스'가 치명적인 피해를 입었습니다!

–'다카타루스'의 생명력이 172만큼 감소합니다.

–'다카타루스'의 생명력이 119만큼 감소합니다.

–'다카타루스'의 생명력이 163만큼 감소합니다.

……후략…….

단일 대상을 상대로는 수십만 단위의 딜을 쉽게 뽑아내는 조나단의 공격이 녀석에게 기스조차 내지 못했으며.

"이런 미친……!"

–제단의 수호자 '다카타루스'에게 치명적인 피해를 입었습니다!

–성혼의 낙인으로 인해, 위력이 증폭됩니다.

–'다카타루스'의 내구도가 165,423만큼 감소합니다!

–조건이 충족되었습니다.

–'성혼의 낙인'이 각인되었습니다.(2Stack)

–'다카타루스'의 내구도가 273,240만큼 감소합니다!

–'성혼의 낙인'이 각인되었습니다.(3Stack)

반대로 '시온' 속성을 가진 성령의 심판 검은 녀석의 비늘을 쉽게 뚫고 들어갔으니 말이었다.

-크아아……! 인간이 어찌 성령의 힘을……!

물론 몇 십만 정도의 공격으로 200레벨급의 보스 생명력이 눈에 띄게 깎여 나가진 않았지만, 그래도 확실한 대미지가 들어간다는 점은 확인이 된 것.

'휴, 예상이 맞아서 다행이긴 한데…….'

하지만 시온 속성의 공격이 약점이라는 것을 찾았다고 해서 녀석을 쉽게 공략할 수 있는 것은 아니었다.

녀석은 시온 속성 외에 거의 모든 속성에 대한 저항력을 엄청나게 가지고 있었으며, 이안에게 시온 속성으로 녀석을 공략할 수 있는 수단이 그렇게 많은 것도 아니었으니까.

성령의 심판 검을 들고 일대일로 녀석을 처치할 수 있을 만큼, 녹록한 상대도 아니었고 말이다.

하여 이안은 한 가지 다른 생각을 떠올려 보았다.

'혹시 이 필드에 깔려 있는 자기장이라는 걸, 없앨 수 있다면 어떻게 될까?'

보통의 유저라면 기계 타입이 아닌 이상 '시온' 속성의 공격 수단을 가지고 있기 힘든 것이 사실이었으니, 일반적인 유저의 관점에서 공략법을 다시 떠올려 보려는 것이다.

그리고 그러한 생각을 떠올리기가 무섭게, 뭔가를 발견한 이안의 두 눈에 살짝 이채가 떠올랐다.

제단을 지키는 보스 몬스터 다카타루스.

녀석의 속성에 대한 힌트는, 총 두 가지였다.

첫째, 녀석이 등장한 필드에, 기계 타입의 존재들을 무력화시키는 '자기장'이 흐른다는 점.

둘째, 이안과의 대화에서 다카타루스가 '악신'을 언급했다는 점.

이 두 가지 힌트를 통해 이안은 다카타루스의 속성이 데몬이라는 것을 알아내었고, 녀석을 공략할 방법을 하나씩 찾아내기 시작했다.

'저 특이하게 생긴 장치가 분명, 자기장을 만들어 내는 구조물일 거야.'

이안이 처음 필드에서 발견한 것은 사방으로 아지랑이 같은 것을 퍼뜨리는 커다란 원형 구조물이었다.

다카타로스의 뒤편에 위치한 이 구조물은 대충 봐도 자기장의 근원지였고.

때문에 일차적으로 이 구조물을, 파괴해 볼 생각을 하게된 것이다.

'그러려면 일단, 어그로를 끌어와야 할 것 같은데…….'

사실 표면적으로 봤을 때, 이안에게 자기장을 차단해야 할이유는 딱히 없었다.

이안에게 딱히 기계 타입으로 만들어진 강력한 소환수가 있는 것도 아니었기 때문에.

자기장을 없앨 수 있다 하여도, 보스 공략에 있어 크게 달라질 것이 없는 것이다.

그럼에도 불구하고 이안이 구조물을 공략해 보려는 이유는, 다른 하나의 가정 때문이었다.

'보스 룸 구조상 저걸 파괴하라는 게 기획 의도인 것 같고…… 그렇다면 분명 저걸 파괴했을 때, 새로운 페이즈가 나타날 테지.'

커다란 구체의 형태를 가진 기계 덩어리는, 계속해서 회전하며 무형의 아지랑이를 만들어 내고 있었으며.

그 아지랑이들이 필드 전체에 퍼져 나가, 허공에 둥둥 떠있는 철조 구조물들을 끌어당기고 있다.

이안은 이 자기장이라는 것이, 비단 기계 타입을 무력화시키는 기능만을 하지 않는다는 가정을 세운 것이다.

'일단 한번 두들겨 보자. 어차피 일반적인 방식으론, 승산이 희박하니까.'

판단을 마친 이안은, 다시 다카타루스를 향해 시선을 돌렸다.

그리고 어느새 이안에게 입은 피해를 전부 회복한 다카타루스가, 매서운 눈빛으로 이안을 노려보고 있었다.

-인간이 어찌 성령의 힘을 얻은 것인지는 모르겠으나…….

크롸아아아—!

—그런 알량한 수준의 힘으론, 나를 상대할 수 없을 것이다!

캬아아오오!

다카타루스가 포효하기 시작하자, 자기장에 의해 두둥실 떠 있던 기계 파편들이 강하게 휘몰아쳤다.

이어서 날카롭게 쪼개진 그 쇠붙이들이, 이안을 향해 쇄도하기 시작했다.

쐐애애액—!

파파팟—!

거의 광역 공격 기술에 가까울 정도로 넓은 범위에, 촘촘히 날아드는 날카로운 쇠붙이들.

순차적으로 날아드는 그 쇠붙이들을, 이안은 침착하게 쳐내고 피해 내었다.

까강— 티잉—!

—무기 막기에 성공하였습니다!

—피해를 93%만큼 흡수합니다!

—무기 막기에 성공하였습니다!

—무기 막기에 성공하였습니다!

······후략······.

이안은 이어서, 망연한 표정으로 식은땀을 흘리고 있는 조나단을 향해 짧게 메시지를 보내었다.

　－이안 : 조나단, 저 뒤에 쇳덩이를 좀 부탁해.
　－조나단 : 파괴해 달란 건가?
　－이안 : 맞아.
　－조나단 : 의미가 있을까?
　－이안 : 어차피 너, 보스한테 딜도 안 들어가잖아.
　－조나단 : …….

　아픈 곳을 찌르는 이안의 이야기에 잠시 움찔하는 조나단.
　하지만 딱히 틀린 말도 없었기에, 조나단은 은밀히 움직이기 시작하였다.
　그리고 그런 그의 움직임을 확인한 이안은, 일부러 다카타루스를 더욱 도발하기 시작하였다.
　"이런 알량한 공격으로 날 맞출 수 있을 거라고 생각한 거야?"
　－……!
　"머리통은 세 개나 달고 있으면서…… 생각을 좀 하라고, 생각을."
　－이……! 이, 하찮은 인간 따위가!

　어차피 지금의 상황에서 다카타루스에게, 위협이 될 만한 존재는 이안 하나뿐이었다.

때문에 이안이 도발까지 하며 다카타루스를 약 올린다면, 자연스레 조나단이나 다른 소환수들로부터 관심이 멀어질 수밖에 없을 터.

게다가 암살자 랭커인 조나단의 은신 실력은, 이안조차 감탄할 만한 수준이었고.

이안이 기관물 파괴를 조나단에게 맡긴 이유가, 바로 이것이라고 할 수 있었다.

스륵-!

조나단의 신형이 완벽히 공간 안으로 녹아든 것을 확인한 이안은, 더욱 공격적으로 움직이기 시작하였다.

"너, 이제부터, 어디 가서 악신이라는 이름 팔면 안 되겠다."

-……?

"너랑 계약했다는 그 악신이, 얼마나 창피하겠어?"

-노옴……!

캬아아아-!

다카타루스의 덩치는 오히려 카그로스보다 더 거대했지만, 움직임은 최소 두 배 이상 날렵하였다.

그리고 이 육중한 몸이 이렇게 빠르게 움직일 수 있는 이유는, 아마도 무지막지한 전투 스텟 덕분일 것이었다.

콰쾅- 콰콰쾅-!

다카타루스가 가진 세 개의 머리가 허공을 휘저으며 입을 쩍 벌리자, 세 줄기의 브레스가 이안을 향해 쏟아져 나왔다.

콰아아-!

그리고 마치 꽈배기처럼 뒤틀리며 뻗어 나오는 세 줄기의 용의 숨결을 확인한 이안은, 순간 조금 당황할 수밖에 없었다.

'이런 브레스는 또 처음이네.'

이안조차도 세 개의 용머리가 동시에 쏘아 내는 브레스를 경험한 적은 없었으니.

순간 스텝이 꼬여 역동작에 걸려 버린 것이다.

하여 이안은 어쩔 수 없이, 아껴 두었던 공간 왜곡을 빠르게 사용할 수밖에 없었다.

"공간 왜곡!"

우우웅-!

-고유 능력, '공간 왜곡'을 사용하셨습니다.

-소환수 '빡빡이'와, 위치를 교환합니다.

-소환수 '빡빡이'의 고유 능력, '절대 방어'가 발동합니다.

……중략……

-소환수 '빡빡이'가 '다카타루스'의 고유 능력, '귀룡의 숨결'에 치명적인 피해를 입었습니다!

-'무적' 효과에 의해 모든 피해가 무효화됩니다.

−'빡빡이'의 생명력이 0만큼 감소합니다.

−'빡빡이'의 생명력이 0만큼 감소합니다.

……후략…….

그리고 예정에 없던 공간 왜곡을 조금 빠르게 소모해 버리기는 하였지만, 이안은 여전히 침착히 움직이고 있었다.

순간적으로 타깃을 잃어버린 다카타루스의 후방을 재빨리 점하며, 성령의 심판 검을 다시 뽑아 든 것이다.

쐐애액−!

예상치 못했던 패턴에 의해 하나의 보험을 소모해 버린 만큼, 그것이 아깝지 않도록 최선의 플레이를 실천하는 것.

브레스 계열의 고유 능력은 보통 숨결을 전부 토해 내기 전까지 다른 행동을 할 수 없는 채널링 타입의 스킬이었고.

완전히 무방비인 이 틈에 집어넣는 공격은, 같은 공격이라 해도 위력 자체가 달랐으니.

의도한 상황은 아니었지만, 어쨌든 딜을 넣기에 최적의 조건이 만들어진 것이다.

'이번에는 좀 아플 거다.'

물론 핵심 목적은 조나단이 기관을 부수는 동안 시간을 끌어 주는 것뿐이었지만.

그렇다 해서 이런 좋은 기회를 그냥 버릴 이안이 아니었다.

위잉−!

-고유 능력, '약점 포착'이 발동되었습니다.

-성령의 심판 검의 고유 능력, '성령 흡수'를 발동합니다.

-이제부터 60초 동안, 대상에게 시온 속성의 피해를 입힐 때마다, 현재 생명력의 5%만큼이 회복됩니다.

-성령의 힘이 감응하기 시작합니다.

-성령의 망토의 고유 능력, '성령의 보호'가 가동되기 시작합니다.

-이제부터 '시온Zion'속성의 공격을 할 때마다, 망토에 성령의 힘이 축적되어 실드로 전환됩니다.

-현재까지 축적된 실드 : 0

……후략…….

다카타루스에게 파고들 틈이 생긴 만큼, 이안은 만반의 준비를 하고 녀석의 후방으로 뛰어 내렸다.

물론 이안이 아무리 완벽히 공격을 퍼붓는다 해도 녀석의 생명력을 1할조차 깎아 내지 못할 확률이 높았다.

하지만 이안에게 입는 피해가 커질수록 녀석의 어그로 또한 강해질 테니.

이안이 최대한 공격을 퍼붓는다면, 조나단이 기관을 파괴하는 것이 훨씬 더 수월해지는 것이다.

그리고 어느새 다카타루스의 뒷덜미에 내려앉은 이안이, 그대로 심판 검을 목덜미에 난도질하기 시작하였다.

-제단의 수호자 '다카타루스'에게 치명적인 피해를 입혔습니다!

-성혼의 낙인으로 인해, 위력이 증폭됩니다.

-'다카타루스'의 생명력이 271,902만큼 감소합니다!

-조건이 충족되었습니다.

-'성혼의 낙인'이 각인되었습니다.(2Stack)

-'성혼의 낙인'이 각인되었습니다.(3Stack)

-낙인이 3회 이상 충첩되었으므로, 피해량이 350%만큼 증폭됩니다.

콰쾅-!

-'다카타루스'의 생명력이 799,542만큼 감소합니다!

-'성혼의 낙인'이 각인되었습니다.(4Stack)

-'다카타루스'의 생명력이 801,724만큼 감소합니다!

-'성혼의 낙인'이 각인되었습니다. (5Stack)

-'성혼의 낙인'이 최대치까지 중첩되었습니다.

-'성혼의 힘'이 폭발하였습니다.

-시전자의 생명력에 비례한 고정 피해가 발생됩니다.

-'다카타루스'의 생명력이 2,071,290만큼 감소하였습니다!

 사실 성혼의 낙인을 활용한 검격은, 처음 다카타루스를 상대할 때부터 이안이 시도했던 공격법이었다.

 하지만 무방비 상태에서 모든 연계 공격이 완벽히 들어가

자, 나타난 위력은 완전히 다른 수준이었다.

전혀 줄어들 생각이 없는 것처럼 보였던 다카타루스의 생명력 게이지가, 확연히 줄어드는 게 보일 정도였으니 말이다.

-캬아아악ㅡ! 건방진 노옴……!

하지만 이것이 이안의 회심의 일격이었다면, 이번에는 다카타루스의 반격이 이어졌다.

-제단의 수호자 '다카타루스'가, '악령의 비늘' 고유 능력을 발동하였습니다.

고유 능력이 발동되었다는 짧은 메시지와 함께, 다카타루스의 전신에 시꺼멓고 날카로운 비늘이 돋아나기 시작한 것이다.

마치 고슴도치처럼 변한, 다카타루스의 모습.

"……!"

심지어 거기서 끝이 아니었다.

-악령의 비늘을 타고, 강력한 자기장이 몰아치기 시작합니다.

-자기장의 영향으로, 이동속도가 35%만큼 감소합니다.

-자기장의 영향으로, 이동이 제한됩니다!

그 까맣고 날카로운 비늘들에 자기장이 휘감기기 시작하

더니, 이안을 비롯한 주변의 모든 물체들을 빨아들이기 시작한 것이다.

'이런, 미친……!'

저 뾰족한 가시에 닿는다면 지속적인 피해를 입을 수밖에 없음을 알고 있음에도 불구하고, 저항할 수 없는 인장력에 조금씩 빨려 들어가는 이안!

마치 떡대의 어비스 홀 같은 다카타루스의 고유 능력에, 이안은 아랫입술을 살짝 깨물어야 했다.

지금 다카타루스가 시전한 공격 방식은, 공간 왜곡이 있었다면 쉽게 벗어날 수 있는 페이즈였으니 말이었다.

'으, 역시 공간 왜곡을 너무 쉽게 소모했나?'

하지만 아쉬운 것은 아쉬운 것일 뿐.

이안은 어떻게든 방법을 찾아내야만 했다.

'악령의 비늘이니 분명 데몬 속성의 공격일 거고……. 그럼 보호막으로 어떻게든 버텨 볼 수 있지 않을까?'

'성령의 망토'의 고유 능력이자, 시온 속성의 보호막인 성령의 보호 고유 능력부터 시작해서, 공격 시마다 생명력을 회복시킬 수 있는 '성령 흡수' 고유 능력까지 활용하여.

어떻게든 날카로운 비늘의 지속 피해를 버텨 내면서, 맞딜을 퍼부어 보려는 생각을 한 것이다.

"그래, 누가 이기나 한번 해 보자……!"

하여 오히려 인장력의 힘을 이용해 다시 빠르게 다카타루스의 등에 올라선 이안은.

악령의 비늘로 인한 피해를 무시한 채, 미친 듯이 검을 휘두르기 시작하였다.

스릉–!

퍼펑– 퍼퍼펑–!

–'악령의 비늘'로부터 치명적인 피해를 입었습니다!

–생명력이 81,920만큼 감소합니다!

–생명력이 91,911만큼 감소합니다!

–생명력이 119,520만큼 감소합니다!

······중략······

–고유 능력 '성령 흡수'가 발동합니다!

–생명력을 298,100만큼 회복하였습니다!

–생명력을 281,092만큼 회복하였습니다!

······후략······.

처음에는 성령 흡수와 보호막으로 버티려는 이안의 계획이, 어느 정도 먹혀 들어가는 듯 보였다.

악령의 비늘로 인한 피해량보다 성령 흡수로 인한 회복량이, 조금 더 많은 수준이었으니 말이다.

하지만 그것도 잠시일 뿐.

-악령의 맹독에 중독되어, 데몬 속성에 대한 저항력이 3%만큼 감소합니다.

　-악령의 맹독에 중독되어, 데몬 속성에 대한 저항력이 2.7%만큼 감소합니다.

'젠장, 점점 더 강해지잖아!'

　저항력이 떨어진다는 메시지와 함께, 비늘로 인한 지속 피해가 점점 더 커지기 시작한 것이다.

　물론 이 고유 능력을 지속시키는 동안 이안의 공격을 피할 수 없는 다카타루스의 생명력도, 계속해서 감소하고는 있었지만.

　이안의 생명력 수치와 다카타루스의 생명력 수치는, 최소 수십 배 정도의 차이가 나는 것이 문제라고 할 수 있었다.

　-'악령의 비늘'로부터 치명적인 피해를 입었습니다!

　-생명력이 150,921만큼 감소합니다!

　-생명력이 189,284만큼 감소합니다!

'젠장, 무슨 방법이 없을까?'

　야금야금 떨어져 절반 이하까지 내려온 생명력 게이지에, 이안은 초조한 표정이 될 수밖에 없었다.

　악령의 비늘의 지속 시간이 얼마나 되는지 알 수 없었기 때문에, 슬슬 불안해지기 시작한 것이다.

하지만 그렇게 5분 정도를 버텼을 즈음.

콰아앙-!

커다란 굉음이 전장 전체에 울려 퍼지더니.

이안을 강하게 잡아당기던 비늘의 강력한 자기장이, 천천히 풀리기 시작하였다.

붉은 빛깔로 달아오른 조나단의 검.

마치 길게 휘어져 늘어지기라도 하듯 거대한 반달이 된 핏빛 검이 자기장을 뿜어내는 기계 구체를 그대로 가르며 지나갔다.

콰콰쾅-!

그러자 그와 비슷한 형상의 수많은 환영이 마치 춤을 추듯 그 궤적을 따르며 강철의 구체에 틀어박혔다.

펑- 퍼퍼퍼펑-!

이것은 조나단이 사용할 수 있는 모든 고유 능력 중, 가장 강력한 대미지를 뽑아낼 수 있는 스킬.

'혈월군무血月群舞'라는 이름의, 다소 동양적인 명칭을 가진 고유 능력이었다.

'이걸 여기서 사용하게 될 줄이야.'

혈월군무는 조나단이 가진 스킬들 중 최상위 티어의 스킬이었지만, 사실 평소에는 잘 사용할 일이 없는 스킬이기도 하였다.

그 위력이 어마어마한 만큼 사용 조건이 무척이나 까다로웠으니 말이다.

어둠 속에 은신한 채, 총 마흔아홉 개의 반달 궤적을 완벽히 그리며.

혈월의 힘을 충전하는 과정을 거쳐야만 발동시킬 수 있는 특이한 스킬이었으니까.

일반적인 경우 그 충전 시간 동안 다른 스킬을 퍼붓는 것이 더 많은 DPS를 뽑아낼 수 있었기 때문에.

효율 측면에서나 실용성 측면에서나, 보통은 잘 사용하지 않게 되는 스킬이었던 것.

심지어 차징 시간이 긴 만큼 적에게 적중시키는 것도 쉬운 일이 아니었으니, 실용성은 아주 떨어질 수밖에 없는 것이다.

하지만 지금의 상황에서는 이 혈월군무만큼 적절한 스킬도 없다고 할 수 있었다.

시간 비례의 총 DPS를 떠나서, 한 방 대미지가 중요한 시점이었으니 말이다.

'다카타루스의 어그로를 받지 않으려면, 최대한 한 방에 끝내야 해.'

아무리 이안이 완벽히 어그로를 끌고 있다 해도, 자기장을 만들어 내는 이 구체를 조나단이 공격한다면.

필연적으로 어그로가 다시 조나단에게로 돌아올 수밖에 없다.

최소 이안 일행이 자기장 구체를 노리고 있다는 사실을 알게 될 테니, 다카타루스의 행동 패턴도 달라질 수밖에 없는 것이다.

때문에 조나단의 목적은 다카타루스가 어떤 반응도 할 수 없도록 단번에 폭발적인 딜을 넣어 구체를 부숴 버리는 것이었다.

그리고 그러한 목적이라면, 이 혈월군무만큼 완벽한 조건을 가진 스킬도 없었다.

5분에 달하는 긴 세팅 시간을 소모함에도 불구하고, 단번에 백만, 1천만 단위를 뽑아낼 수 있는 유일한 스킬이었으니까.

게다가 자기장 구체는 한 자리에 고정되어 있는 '구조물'이었으니.

아무리 혈월군무가 맞히기 어려운 스킬이라 할지라도, 맞히지 못할 이유가 없었다.

-핏빛 반달이, '자기장 생성기'에 치명적인 피해를 입혔습니다!

-'자기장 생성기'의 내구도가 3,580,293만큼 감소합니다.

-핏빛 달의 폭풍이 몰아칩니다.

-'자기장 생성기'의 내구도가 579,201만큼 감소합니다.

-'자기장 생성기'의 내구도가 621,215만큼 감소합니다.

-'자기장 생성기'의 내구도가 559,018큼 감소합니다.

……후략…….

시뻘건 반달이 휘몰아치며, 거대한 기계 구체를 난도질한다.

그리고 거의 보스만큼이나 커다란 내구도 게이지를 가지고 있던 '자기장 생성기'는, 순식간에 부서져 내리기 시작하였다.

쿠쿵- 쿠쿠쿵-!

-'자기장 생성기'의 내구도가 50% 미만으로 떨어졌습니다.

-자기장의 위력이 대폭 약화됩니다.

-'자기장 생성기'의 내구도가 30% 미만으로 떨어졌습니다.

-자기장으로 인한 저항력 디버프가 무력화됩니다.

-'자기장 생성기'의 내구도가 20% 미만으로 떨어졌습니다.

-자기장으로 인한 광역 이동속도 감소 효과가 해제됩니다.

……후략…….

조나단이 그려 낸 마흔아홉 개의 반달은, 자기장 생성기의 사이사이를 가르고 들어가 커다란 폭발을 일으켰다.

그리고 그 연쇄 폭발에, 강철 구체는 거의 누더기 상태가 되었다.

아쉽게도 한 방에 완전히 파괴하지는 못했지만, 20% 미만까지 내구도가 떨어지며 많이 무력화된 것이다.

그리고 디버프가 해제된 덕에, 이안은 위기에서 벗어날 수 있었다.

"후우, 큰일 날 뻔했네. 왜 이렇게 늦은 거야?"

"늦기는, 제기랄. 입 놀릴 힘 있으면 저 구체나 마무리해 보라고!"

"이미 그러고 있잖아."

"……?"

이안은 너스레를 떨며 조나단에게 투덜댔지만, 사실 조나단이 어떤 생각을 하고 있는지는 대략 짐작하고 있었다.

혈월군무라는 스킬의 존재를 알고 있었던 것은 아니나, 그런 비슷한 류의 차징 스킬을 사용할 것이라고 예상은 가능했으니 말이다.

그리하여 조나단의 검이 자기장 생성기를 향해 빨려 들어가는 것을 확인한 순간, 이안은 이미 소환수들에게 오더를 내려놓은 상태였다.

겉으로는 다카타루스를 합공하는 형태를 보이면서도.

언제든 자기장 생성기를 향해 공격을 쏟아부을 수 있도록,

미리 포지셔닝을 다 해 둔 것이다.

어차피 성령 속성 이외에는 다카타루스에게 제대로 된 공격을 입힐 수 있는 스킬도 없었으니.

미련 없이 기계를 향해 다 쏟아 버린 것.

콰콰콰쾅–!

하여 카르세우스와 엘카릭스의 브레스. 그리고 루가릭스의 9서클 마법인 소울스톰이 동시에 전장을 휩쓸자.

기계 구체는 순식간에 파괴될 수밖에 없었다.

퍼펑– 콰아아아앙–!

–'자기장 생성기'의 내구도가 1,082,908큼 감소합니다.

–'자기장 생성기'의 모든 내구도가 소진되었습니다.

–'자기장 생성기'를 성공적으로 파괴하였습니다!

그리고 순식간에 벌어진 이 상황에, 가장 당황한 것은 당연히 다카타루스였다.

–크라아아악……! 이놈들……! 지금 무슨 짓을!

가장 거슬리는 이안을 자기장 안에 가둬 곧 처치할 수 있을 것이라 생각했는데.

갑자기 자기장 생성기가 부서지며 상황이 역전되니, 당황할 수밖에 없는 것이다.

"그러니까, 내가 말했잖아."

-……?

"머리가 세 개나 되면 뭐 해. 셋 다 텅텅 비어 있는데."

-이, 쥐새끼 같은 놈이……!

이안의 난도질에도 불구하고, 아직 다카타루스의 생명력은 70%도 넘게 남아 있는 상황이었다.

하지만 지금 당장 얼마의 생명력이 남아 있는지는, 그렇게 중요한 것이 아니었다.

다카타루스를 강력하게 만들어 주는 '자기장'이 무력화되었다는 사실과, 생성기의 파괴로 인해 새로운 국면이 시작되었다는 사실이 가장 중요한 것이었으니 말이다.

-자기장이 해제되어, 균열의 힘이 공간을 지배하기 시작합니다.

눈앞에 떠오른 새로운 메시지를 본 이안은, 두 눈에 이채를 띠었다.

'균열? 균열이라고?'

쿠구구궁-!

문장의 정확한 의미는 알 수 없었지만, '균열'이라는 단어는 무척이나 반가웠으니 말이다.

만약 이 균열이 이안이 알고 있는 그 균열과 같은 것이라면, 이제 자기장이 아닌 차원 마력의 힘이 이 공간을 지배하게 될 것이고.

그것은 차원 마력 저항력이 맥스치에 달한 이안에게, 최고의 상황이었으니 말이다.

하지만 이안의 생각은 더 이어질 수 없었다.

고오오오-!

모든 자기장이 사라지자, 갑자기 전장의 구조가 무너져 내리기 시작한 것이다.

쿵-!

쿠쿵- 쿵-!

자기장의 인장력에 의해 유지되고 있던 대전장의 구조가, 빠르게 무너져 내리며 내려앉기 시작한 것.

구구구궁-!

이안은 당황했지만, 무너져 내리는 대전장을 벗어날 방법은 없었다.

이 자체가 하나의 페이즈 변환이었으니, 유저의 힘으로 벗어나는 것은 불가능한 것이다.

하여 이안 일행은, 위에서 떨어져 내리는 커다란 쇳덩이들을 어떻게든 전부 피해 내야만 했다.

"빡빡이, 소환 해제!"

위이잉-!

일단 빡빡이와 같이 움직임이 둔한 소환수부터 해제한 뒤에, 떨어져 내리는 거대한 쇳덩이들을 안간힘을 쓰며 피한 것이다.

그런데 재밌는 것은, 이 페이즈 변환에 가장 많은 피해를 입은 것이 다름 아닌 보스 몬스터 다카타루스 라는 점이었다.

-크아아악-!

민첩성과 별개로 너무도 거대한 몸집을 가진 다카타루스는, 떨어지는 쇳덩이들을 거의 다 맞을 수밖에 없었다.

-다카타루스의 생명력이 301,928만큼 감소합니다.

-다카타루스의 생명력이 291,092만큼 감소합니다.

-다카타루스의 생명력이 344,231만큼 감소합니다.

……후략…….

쇳덩이의 파괴력이 어마어마한 탓인지, 시온 속성 외에는 거의 대미지를 받지 않는 다카타루스조차도 제법 대미지를 입은 것.

쿵-!

이어서 기계 제단이 전부 무너져 내리고 새 페이즈가 시작될 시점, 다카타루스의 생명력은 절반 이하로 떨어져 있었다.

-크…… 크아아아……!

페이즈 전환 과정에서, 이안에게 입었던 피해만큼을 추가적으로 더 입은 것이다.

그런 다카타루스의 생명력 게이지를 확인한 이안은, 다른 의미에서 혀를 내두르며 감탄하였다.

'와…… 저 쇳덩이들을 저만큼 처맞고도, 아직 생명력이 절반이나 남았다고?'

그러나 이안의 그러한 감탄(?)은 길게 이어질 수 없었다.

새 페이즈의 시작을 알리는 시스템 메시지가 이안의 눈앞에 주르륵 하고 떠올랐으니 말이다.

띠링-!

-자기장의 해제로, '기계 제단'이 완전히 무너져 내렸습니다.

-기계 구조의 균형이 붕괴되어, 숨겨져 있던 균열이 모습을 드러냅니다.

-'균열의 힘'이 전장을 지배하기 시작합니다.

-공간 안의 모든 존재들이, '차원 마력'의 영향을 받기 시작하였습니다.

-자기장의 해제로, 다카타루스의 고유 능력 '절대의 비늘'의 위력이 대폭 감소합니다.

메시지를 빠르게 확인한 이안은, 두 주먹을 불끈 쥘 수밖에 없었다.

'그래, 이거지!'

그가 생각했던 대로 시스템이 말했던 균열의 힘이라는 것은, 차원 마력 버프(?)를 의미하는 것이었으니 말이다.

사실 평범한 유저였다면 이 마지막 페이즈는 오히려 더 지옥이었을지도 모른다.

노가다로 저항력을 최대치까지 맞춘 이안에게나 차원 마력 디버프가 버프로 전환되는 것이지, 일반적인 유저들에게는 그 어떤 디버프보다 까다로운 것이 바로 이 차원 마력 디버프였으니 말이다.

물론 이안처럼 균열을 제 집처럼 오갈 정도는 되어야 이 메인 퀘스트를 받을 수준이 되겠지만.

어쨌든 이안에게 이 마지막 페이즈는 전투력에 날개를 달아 준 것이나 다름없었다.

"이안, 차원 마력 저항력은 좀 세팅해 놨지?"

"설마 날 걱정하는 거냐?"

"후, 괴물 같은 놈."

이안의 움직임을 확인한 조나단은, 또 한 번 혀를 내두를 수밖에 없었다.

자신 또한 균열에서 살다시피 하여 차원 마력 저항력을 제법 올려놓은 상태였지만, 아직까지 약간의 디버프는 남아 있었으니 말이다.

반면에 이안은 차원 마력에 전혀 영향을 받지 않는 듯 보였으니, 조나단으로서는 놀랄 수밖에 없었다.

'이안 저놈은 하루가 48시간이라도 되는 건가?'

같은 랭커지만 이안의 실력을 떠나 그 스펙을 도저히 이해할 수 없는 조나단.

만약 이안이 오히려 차원 마력에 의해 버프를 받고 있다는 사실을 알았더라면.

아마 조나단은 감탄을 넘어, 의욕을 상실했을지도 모를 일이었다.

–이 하찮은 인간 놈들……! 모조리 죽여 버리겠다……!

한편, 다시 정신을 차리고 포효하는 다카타루스.

콰아아아아–!

새 페이즈가 시작되며 다카타루스의 주변으로 강렬한 광역 공격이 터져 나왔지만, 이안은 전혀 당황하지 않았다.

"엘, 드라고닉 베리어……!"

위이잉–!

마지막까지 남겨 뒀던 보험 카드(?)를 망설임 없이 꺼내 든 뒤, 총공격을 펼치기 시작한 것이다.

'절대의 비늘 효과가 떨어졌으니, 이제 시온 속성 이외의 공격도 제법 피해를 입힐 수 있겠지.'

이안이 파악한 다카타루스의 고유 능력인 '절대의 비늘'은, 상성이 나쁜 공격을 제외하고는 거의 모든 공격의 피해량을 흡수하는 능력이었고.

페이즈가 바뀌며 떠오른 메시지를 보면 이 능력의 위력이 절반으로 감소했다 하였으니.

이제는 충분히 정상적인 방법(?)으로 공략해 볼 여지가 생긴 것이다.

"자, 그럼 이쯤 하자고 돌머리."

-크아아악!

"이제 그만 버티고, 내 경험치가 되거라."

-......?

어느새 머릿속으로 계산을 마친 이안은, 가진 모든 고유 능력을 총동원하기 시작하였다.

제대로 모든 고유 능력과 소환수들의 스킬들을 쏟아붓는다면, 녀석을 충분히 처치해 낼 수 있겠다는 계산이 선 것이다.

우우웅-!

하여 세 자루의 심판 검을 모두 꺼내 든 이안은 모든 서머너 나이트의 고유 능력까지 발동시켰다.

우웅- 우우웅-!

그리고 차원 마력 버프까지 둘둘 감은 이안의 총공격을 다카타루스가 버텨 낼 수 있을 리 만무하였다.

고작 10여 분 정도의 전투 만에 모든 생명력을 소진해 버린 것이다.

-내, 내가…… 인간 따위에게…….

쿠쿵-!

-제단의 수호자 '다카타루스'에게 치명적인 피해를 입혔습니다!

-'다카타루스'를 성공적으로 처치하셨습니다!

-'악룡惡龍의 비늘' 아이템을 획득하셨습니다.

-'악룡의 비늘 창' 장비를 획득하셨습니다.

-'악룡의 비늘 갑주' 장비를 획득하셨습니다.

……후략…….

이어서 무너져 내린 거대한 다카타루스의 몸체는 균열 안쪽으로 빨려 들어가기 시작하였고.

띠링-!

또다시 경쾌한 알림음과 함께 드디어 기다렸던 시스템 메시지가 이안의 눈앞에 떠올랐다.

-모든 조건이 충족되었습니다!

-물의 정령왕 '엘리샤'가 오랜 봉인에서 깨어납니다.

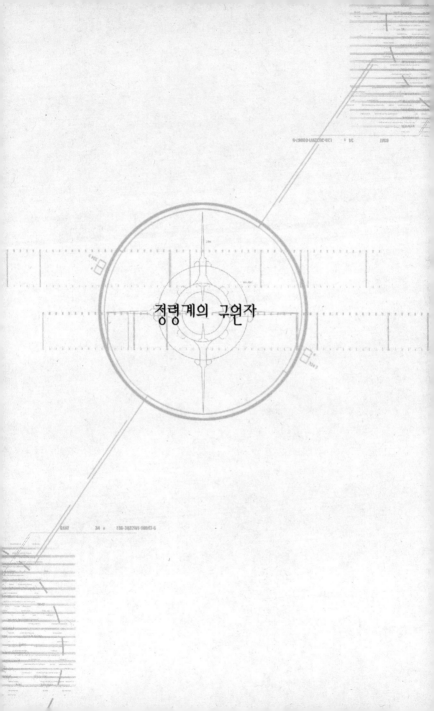

정령계의 구언자

Taming
Master

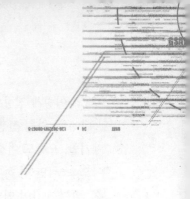

정령계와 라카토리움 간의 차원 전쟁은 그것을 관전하는 카일란 유저들로 하여금 손에 땀을 쥐게 만들 정도로 긴박하게 흘러가고 있었다.

어느 날은 순식간에 정령계가 무너질 것처럼 기계문명과 마족 유저들이 공격을 몰아치다가도.

결국엔 최후의 방어선에서 정령계가 버텨 내며, 제법 강력한 역공을 펼치기도 했으니 말이다.

물론 이제 거의 모든 균열이 함락당하고 남은 곳은 프뉴마 마을의 앞으로 이어지는 마지막 하나의 균열뿐이었지만.

그 마지막 균열 안에서, 벌써 사흘째 치열한 혈투가 벌어지고 있었던 것이다.

그리고 이렇게 전장의 구도가 흥미진진하게 연출될 수 있었던 데에는, 차원 전쟁 콘텐츠의 특별한 '룰'이 한몫하였다.

"제기랄, 오늘도 여길 못 넘고 돌아가다니."

"아오, 조금만 더 하면 될 것 같았는데."

"후, 벌써 시간이 이렇게 됐나? 내일은 기필코……!"

차원 전쟁 콘텐츠는 유저에게 24시간 개방되어 있지 않았다.

각 나라를 기준으로 아침 7시에서 저녁 11시라는, 참전 가능 시간이 룰로 정해져 있는 것이다.

이러한 룰 때문에 나라별 참전 가능한 시간이 시차에 따라 제각각 달라졌고, 그것은 전투가 가장 치열한 '시간대'를 자연스레 형성되도록 만들었다.

가장 강력한 국가의 랭커들이 한자리에 모일 수 있는 시간대.

거의 지구 반대편에 있는 한국 서버와 미국 서버에서도 동시에 접속이 가능한 시간대가, 자연스레 가장 치열한 전투가 벌어지는 시점이 되어 버린 것이다.

한국 서버의 시간을 기준으로, 대략 오전과 오후 각각 8시에서 11시경.

이 시간대가 바로 차원 전쟁의 피크 타임이라 할 수 있었다.

그리고 그러한 이유 때문에.

"아오, 저 질긴 인간 진영 녀석들."

"정령왕 스킬이 너무 사기인 것 같은데. 저놈만 아니었으면 벌써 사흘 전엔 뚫었을 거라고."

피크 타임이 끝나는 무렵이면, 양 진영에서는 각각 아쉬움. 그리고 안도의 한숨이 터져 나올 수밖에 없었다.

"후유, 오늘도 겨우 버텼네."

"와, 진짜. 오늘은 밀리는 줄 알았는데……."

처음에는 분명 이러한 전장의 구도가, 유저들에게 무척이나 재밌고 신선하게 다가왔었다.

아슬하게 물고 물리며 균형이 유지되는 전장과, 그로 인해 연출되는 극적인 전투 장면들.

이것은 참전하는 유저들뿐 아니라 관전 모드인 대부분의 팬들에게, 너무 즐거운 요소들이었으니 말이다.

다만 이러한 같은 구도가 며칠 동안 계속되자, 슬슬 유저들은 새로운 에피소드에 대한 갈증을 느끼기 시작하였다.

－뭐야. 오늘도 이대로 끝나는 거임?
－하, 마족 랭커들은 대체 왜 저 마지막 방어선을 못 넘는 거지?
－그러게. 이안도 없는데 대체 왜 이렇게 지지부진한 거야.
－이거 이런 식이면, 한 달은 더 싸울지도 모르겠는걸?

관전하는 팬들의 입장에서도 슬슬 따분해지기 시작했으며,

직접 참전하는 유저들은 아예 피가 마르기 시작한 것이다.

전쟁이 길어질수록 쌓이는 보상은 많아지는데, 승패에 따라 그 보상을 얼마만큼 가져갈 수 있을지가 결정되니.

유저 입장에서 초조해지는 것은 너무도 당연한 것.

하지만 유저들의 그런 갈증과 불만은, 제대로 형성되기도 전에 사그라질 수밖에 없었다.

한국 시간으로 오후 5시경.

피크 타임도 아닌 이 애매한(?) 시간에, 갑자기 전장에 대격변이 일어나기 시작했으니 말이었다.

띠링-!

그리고 그 시작은, 중간계에 접속해 있던 모든 유저들의 눈앞에 떠오른 한 줄의 글로벌 메시지였다.

-조건이 충족되었습니다.

"뭐지?"

"뭐야, 글로벌 메시지잖아?"

-기계 제단의 붕괴로 인해, 찰리스가 분노합니다.

-찰리스의 모든 군단이 차원 전장에 합류합니다.

"……?"

"미친! 갑자기 이게 무슨……!"

"뭐야, 지금 피크 타임도 아니잖아?"

"미국 서버 애들은, 전부 다 자고 있을 시간인데?"

갑작스레 중간계 유저들에게 떠오른 보랏빛의 글로벌 메시지에, 전 세계 카일란 커뮤니티가 달아오르기 시작한 것이다.

–물의 정령왕 '엘리샤'가 오랜 봉인에서 해제되었습니다.

–정령계의 심처에 잠들어 있던, 물의 부족들이 모두 깨어납니다.

–잠시 후, 정령계 진영에 새로운 원군이 합류할 것입니다.

"에, 에피소드가 진행되나 봐!"

"뭐지? 갑자기 왜 이러는 거지?"

"그러게, 갑자기 진행될 이유가 대체……?"

유저들은 생각지도 못했던 이벤트에 당황하면서도, 이렇게 된 이유가 무엇인지 무척이나 궁금할 수밖에 없었다.

한창 전쟁 중인 피크 타임이면 모르되, 지금은 차원 전쟁이 소강상태나 다름없는 평범한 시간대였고.

갑자기 에피소드가 진행될 이유가 아무리 생각해도 없었으니 말이었다.

–'최후의 전쟁' 에피소드가 시작되었습니다.

–차원 전쟁의 참전 시간제한이 해제됩니다.

─이제부터, 지금까지 차원 전쟁에 참전하지 않은 유저의 추가 참전이 제한됩니다.

······후략······.

하지만 유저들의 혼란은 그렇게 길게 이어지지 않았다.

워낙 갑작스러워서 잠시 혼란스러웠던 것일 뿐, 에피소드에 새로운 페이즈가 시작된 이유를 금세 깨달을 수 있었으니 말이다.

─님들, 이거 혹시 이안 때문 아님?

─이안? 갑자기 이안은 왜.

─생각해 보세요. 지금 시간도 한국 시간으로 오후 5시경이에요. 퀘스트 진행하기 제일 좋은 시간대인 거죠.

─그건 좀 억지······.

─하지만 이안 때문이라는 의견이 충분히 일리는 있음.

─맞아요. 생각해 보니, 이안이 어떤 관련 퀘스트를 진행 중이라고 했었는데······.

─역시! 트리거는 이안이었어!

최근 공식적인 콘텐츠에 등장하지 않아서 잠시 유저들의 관심에서 멀어져 있긴 했지만, 그래도 평범한 랭커와는 존재감 자체가 다른 존재가 이안이었고.

지금 이안이 정령계 메인 에피소드 관련 퀘스트를 진행 중이라는 사실을 많은 유저들이 알고 있었으니.

새롭게 시작된 에피소드의 트리거가 이안임을, 어렵지 않게 짐작해 낼 수 있었던 것이다.

-크, 드디어 이안갓의 참전을 볼 수 있는 건가?

-잘 버텼다, 정령계……! 이제 역전의 시간이야.

-웃기는 소리. 이안이 참전한다 해도, 어차피 크게 달라질 게 없음.

-왜?

-아까 메시지 못 봄? 찰리스의 군단도 본격적으로 참전한다잖음.

-흐음…….

-아마 찰리스가 못해도 정령왕급 이상일 텐데, 이안이라 해도 별수 있을까?

-정령왕도 생각해야죠, 님.

-정령왕요?

-그 물의 정령왕 엘리샤의 봉인도 풀렸다니까, 정령계 진영도 정령왕이 둘로 늘어나는 거잖아요?

-아, 그렇긴 하네요.

그리고 글로벌 월드 메시지가 떠오르고 나자, 차원 전쟁에 참전 중이었던 전 세계 랭커들은 분주히 움직이기 시작했다.

미국이나 유럽 기준으로는 새벽 시간이었지만, 그런 것은 상관없었다.

어쨌든 한국 유저인 이안에 의해 새로운 에피소드가 시작되었고, 전장에 걸려 있던 시간 제약도 완전히 풀렸으니.

이제 최후의 전투에 참전하기 위해, 전력투구해야 될 시간인 것이다.

수많은 랭커들이 마치 대기하고 있기라도 했다는 듯 전장에 하나둘 모습을 드러내었고.

카일란 관련 각종 커뮤니티들은 더욱 빠르게 달아오르기 시작하였다.

–게임 BJ들은 왜 이렇게 게을러터진 거냐. 아직까지 방송 켠 놈이 몇 없잖아?

–님, 고작 10분 지났다고요, 지금. 방송 세팅하기도 부족한 시간이에요.

–한국 서버 커뮤니티에는 무슨 정보 없음? 이안 관련 정보들 좀 수집하고 싶은데.

이어서 이렇게, 분위기가 한껏 고조되었을 무렵.

카일란의 공식 커뮤니티 메인 페이지에, 이 분위기에 불을 지피는 한 줄의 기사가 게재되었다.

마치 이 상황을 기다리기라도 했다는 듯 말이다.

그리고 그 내용은 수많은 카일란 팬들을 설레게 하기에 충분한 것이었다.

-PM 6:00 ~ 9:00(한국 시간 기준), '최후의 차원 전쟁' 영상, 10개 게임 방송사 특별 편성!

LB사에서 공식적으로 지원하는 차원 전쟁 관련 에피소드 영상이, 국내 모든 메이저 게임 방송사의 방영 스케줄에 특별 편성된 것.

게다가 시간대 또한 퇴근 시간부터 이어지는 황금 시간대였기 때문에, 직장인들은 그 어느 때보다도 퇴근을 기다리기 시작하였다.

-크, 대박……! 오늘은 치맥이다!
-아, 오늘 야근인데. 그냥 튀어야 하나…….
-그러다 잘리지 말고, 화장실에서 몰래 보셈.
-…….

그리고 이렇게, 카일란의 분위기가 활활 타오르기 시작한 이 시점.

이 모든 상황의 시발점이나 다름없는 존재인 이안은 오랜만에 반가운(?) 얼굴을 마주하고 있었다.

다카타루스를 성공적으로 처치한 이안은 곧바로 균열의 안쪽으로 빨려 들어갔다.

전장의 모든 구조물이 완벽히 붕괴되면서, 지하의 벽면에 커다란 균열의 입구가 드러난 것이다.

지금껏 이안이 경험해 왔던 여느 균열들과 마찬가지로, 어두컴컴하고 음습한 분위기를 띤 차원의 균열.

이안은 그 안에서 푸르게 빛나는 빛줄기를 찾아낼 수 있었고, 그 빛의 줄기가 바로 봉인에서 풀려난 '엘리샤'라는 사실을 곧바로 알 수 있었다.

'드, 드디어 끝이야!'

하여 이안은 그 푸른 빛줄기를 향해, 성큼성큼 다가갔다.

균열 어디에서도 기계 괴수들의 기척이 느껴지지는 않았기 때문에, 이안의 움직임은 거침이 없었다.

물론 다카타루스마저 처치한 마당에 어떤 방해꾼이 있다 하더라도, 무서울 것 하나 없었고 말이다.

그리고 푸른 빛줄기에 가까워지자, 이안은 엘리샤의 아름다운 자태를 다시 한번 확인할 수 있었다.

두 눈을 감은 채 허공에 둥둥 떠 있는, 푸른 빛깔의 고귀한 자태를 가진 여인.

이안은 저도 모르게 그녀를 향해 손을 뻗었다.

'엘리샤……!'

하지만 다음 순간.

우우웅-!

그의 손이 엘리샤에게 닿기 직전, 또 다른 새하얀 빛줄기가 이안의 앞을 가로막고 나타났다.

"어엇!"

그리고 눈앞에 나타난 존재를 확인한 이안은, 적잖이 당황할 수밖에 없었다.

"다, 당신은……!"

-오랜만이군요, 이안.

엘리샤 못지않게 아름다운 외모를 가진 낯익은 여인.

그녀의 정체는 바로, 정령의 신 네트라였으니 말이다.

"야근, 아니, 정령의 신 네트라 님!"

-역시, 당신이었군요.

"네? 뭐가요?"

-정령계의 구원자가 될, 최초의 중간자…….

"……!"

-진리에 도달한 당신이 아니라면, 이러한 중책을 맡을 이가 또 있을 리 없었겠지요.

네트라의 등장에 이안은 멀뚱한 표정이 될 수밖에 없었다.

이안이 생각하기에 지금 이 시점, 네트라가 등장할 이유는 전혀 없었으니 말이었다.

"전 네트라 님께 민원을 넣은 적이 없는 것 같은데…….

이안의 말에, 네트라가 빙긋 웃으며 대답하였다.

－물론이에요. 저는 이안 님의 민원 때문에 이곳에 나타난 것이 아니니까요.

"그럼요?"

－다만 정령왕 엘리샤의 강렬한 의념이, 저를 이곳에 나타나도록 만들었답니다.

억겁의 시간이 넘도록 이 지하의 균열에 봉인되어 있던 정령왕 엘리샤의 영혼.

사실 이 강력한 봉인을 해제하는 것은, 이안의 힘으로 가능한 것이 아니었다.

－찰리스는 악신과의 계약을 통해, 그녀의 영혼을 이 균열 안에 봉인하였지요.

"그, 그랬군요."

－때문에 그녀의 봉인을 찾았다 한들, 당신의 힘만으로 악신의 봉인을 해제하는 것은 불가능한 일입니다.

"아……!"

－하지만 당신이 쇳덩이 안에 숨겨진 균열의 입구를 찾아내었고, 하여 엘리샤의 의념이 나의 귓가에 닿을 수 있었어요.

"그렇군요."

다만 정령왕 엘리샤의 의념이 정령의 신 네트라를 불러내었고.

악신과 동격同格인 네트라의 힘이라면, 엘리샤의 봉인을 풀어내는 데 충분한 열쇠라고 할 수 있었다.

-이안, 진리에 도달한 자여.

"……!"

-나 네트라의 권능으로, 그대에게 자격을 부여하겠습니다.

"자격……요?"

이안의 앞에 선 네트라는 진중한 표정이 되어 천천히 다시 입을 열었다.

-그대, 정령계의 구원자가 되어, 위기에 빠진 정령계를 구원해 주시겠습니까?

정령계의 구원자.

그것은 시나리오상 상징적인 의미를 갖고 있는 칭호임과 동시에, 실질적으로도 엄청난 위력을 갖는 칭호였다.

우선 신화(초월) 등급이라는 최상의 등급을 가진 칭호이면서, 정령술사 한정 최강의 버프를 부여해 주는 칭호였으니 말이다.

정령계의 구원자

분류 : 칭호
등급 : 신화(초월)
정령계를 구원할 자격이 있는, 최고의 정령술사에게 부여되는 칭호입니

'이건…… 메인 에피소드 특전인 건가? 지금껏 본 적 없는
미친 칭호네.'

어마어마한 수준의 버프 옵션에, 심지어 착용 조건도 따로
없는 최강의 칭호.

칭호의 옵션을 확인한 이안은 입을 쩍 벌릴 수밖에 없었다.

신화 등급의 장비에 붙은 옵션이라 해도 믿을 만한 수준의
무지막지한 옵션이 칭호에 붙어 있었으니 말이다.

물론 이렇게 어마어마한 칭호인 만큼, 칭호를 계속 사용하
기 위해서 충족해야 하는 특별한 조건도 하나 가지고 있었다.

'신박한 시스템이군. 퀘스트 결과에 따라 칭호를 잃어버릴 수도 있다니.'

만약 이안이 차원 전쟁에서 패배하고 메인 에피소드 클리어에 실패한다면, '정령계의 구원자' 칭호는 오간 데 없이 사라져 버릴 것이다.

반대로 차원 전쟁에 승리하고 퀘스트도 클리어해 낸다면, 그 클리어 등급에 따라 이 칭호의 능력치가 얼마나 유지될지 결정된다.

'재밌군. 카일란 콘텐츠가 확실히, 동기부여를 잘해 준단 말이지.'

네트라를 다시 응시한 이안은 고개를 끄덕였다.

정령계의 구원자가 되어 달라는 그녀의 부탁.

이것은 거절할 이유가, 전혀 없는 부탁이었다.

"부족하지만…… 최선을 다해 보겠습니다, 네트라 님."

─후훗, 제가 중간자…… 그것도 인간에게 신뢰를 준 것은, 이번이 처음이 아닌가 싶군요. 라오쿤의 정령술사였던 판조차도 제 신뢰를 얻지는 못했었으니까요.

"절 믿어 주셔서 감사합니다."

네트라의 말을 들은 이안은 기분 좋은 표정이 되었다.

그녀가 말하는 라오쿤은 정령신의 권능을 부여받았던 숲지기 정령이었고.

서리동굴을 지키던 예뿍이의 친구이자 이 라오쿤과 계약

했던 정령술사인 '판'은 사실상 카일란 세계관에서 최고의 정령술사나 다름없던 인물이었으니 말이다.

그런 '판'보다 더 큰 신뢰를 정령신에게 얻었다는 이야기는, 이안에게 기분 좋은 말일 수밖에 없었다.

-그럼, 부탁드리겠습니다. 이안. 정령계의 구원자여.

"실망시켜드리지 않겠습니다, 네트라 님."

-무운을 빌어 주도록 하지요.

이안과의 대화를 마친 네트라는 잠들어 있는 엘리샤를 향해 손을 뻗었다.

그리고 그녀의 손길에 엘리샤가 천천히 눈을 뜨며 일어났다.

우우웅-!

-엘리샤, 내가 그대의 부름에 응했으니, 그대 또한 나의 기대를 저버려서는 안 될 것입니다.

-네, 네트라 님……!

-부디 구원자를 도와, 정령계의 위기를 슬기롭게 극복해 나가기를…….

엘리샤와 네트라의 대화를 마지막으로, 모든 퀘스트가 일단락되었다.

띠링-!

-'엘리샤 구출' 퀘스트를 성공적으로 완수하셨습니다!

-클리어 등급 : S-

-명성(초월)을 150,000만큼 획득하였습니다.

-물의 정령왕 '엘리샤'와의 친밀도가 10만큼 증가합니다.

-'엘리샤'와의 친밀도가 최대치에 달했습니다.

-물의 정령왕 '엘리샤'가 다시 파티에 합류합니다.

-물의 정령왕 '엘리샤'와 다시 계약되었습니다.

……후략…….

퀘스트가 마무리되자, 네트라의 신형이 점점 희미해졌다.

할 일을 마쳤으니, 이제 다시 신계로 돌아가려는 것이다.

우우웅-!

그리고 그런 그녀를 잠시 응시하던 이안은, 문득 궁금한
게 하나 생겼는지 갑자기 그녀를 불렀다.

"네트라 님."

-네?

"이건 그냥 궁금해서 여쭙는 건데요."

-말씀하세요, 구원자여.

"만약 정령계가 구원되지 못한다면…… 그러니까 멸망한
다면요."

-……?

"정령신이신 네트라 님께서는 어떻게 되시는 건가요?"

이안의 이 질문은 지극히 '개인적인' 것이었다.

사실상 퀘스트 클리어와 완전히 무관한 질문이었으니 말이다.

　그러니까 이안이 이 질문을 갑자기 한 이유는 순전히 호기심이었다.

　'정령계가 망하면, 저 공무원 같은 여자는 어떻게 되는걸까? 실직인가?'

　물론 이번 퀘스트에서 네트라는 제법 적극적으로 정령계를 구원하기 위해 자신의 권능을 사용하였다.

　하지만 그럼에도 불구하고 아직까지, 이안은 그녀의 태도가 무척이나 '사무적'임을 느끼고 있었다.

　그리고 그것이, 이안의 호기심을 자극한 이유였다.

　과연 네트라는 '실직'이 무섭지 않은 것인지 말이다.

　'현실의 공무원처럼…… 카일란의 공무원도 철밥통일까?'

　질문을 던진 이안은 슬쩍 네트라의 눈치를 살펴보았다.

　혹여 그녀가 불쾌해한다면, 재빨리 수습할 생각으로 말이다.

　하지만 이안의 그러한 걱정은 기우에 불과하였다.

　-음, 지금까지 이런 부분을 궁금해한 민원인은 처음이군요.

　"……?"

　-그 질문에 대한 답은, 간단합니다.

　"예?"

　-직장이 사라졌으니 전 이직해야겠죠.

"퀙."

당황한 표정이 된 이안을 향해, 네트라의 말이 다시 이어졌다.

─만약 정령계가 멸망한다면, 평행세계의 어딘가에 새로운 정령계가 잉태될 것입니다.

"그……렇군요."

─그리고 저는 다시, 그곳으로 발령이 나겠지요.

"이해했습니다."

─질문에 답이 되셨나요?

"물론입니다."

네트라의 대답을 전부 들은 이안은, 궁금증을 완전히 해소할 수 있었다.

'역시 철밥통…….'

무려 '정령신'이라는 수식어를 가진 네트라가, 정령계의 위기에도 어째서 이렇게 태평할 수 있는 것인지 말이다.

'확실히 재밌는 콘셉트의 NPC란 말이지.'

이어서 이안에게 대답을 마친 네트라는 공간 너머로 사라졌고, 균열 안에는 이제 이안의 파티와 엘리샤만이 남았다.

─결국, 해내셨군요. 이안 님.

"다행히도, 그렇습니다."

─이제…… 결전의 시간입니다.

이안을 향해 환하게 웃어 보인 엘리샤는 허공을 향해 양손을 뻗으며 두 눈을 감았다.

그러자 푸른 빛깔의 아지랑이가 그녀의 주변을 휘감더니, 어두운 균열 안에 하나의 포털을 만들어 내었다.

─저의 모든 자녀들을, 전장으로 불러 모았습니다.

"……!"

─이제 구원자 이안 님께서, 저희 정령계의 모든 힘을 이끌고 전쟁을 승리로 이끌어 주시리라 믿습니다.

엘리샤의 이야기에, 이안은 고개를 끄덕이며 답했다.

아니, 답하려 하였다.

'어엇……?'

우우웅─!

하지만 이안의 입이 떨어지기 전에 푸른 포털은 이안의 일행을 전부 집어삼켰고, 그들이 서 있던 공간이 빠르게 일그러지기 시작하였다.

띠링─!

─정령왕의 권능이 발동합니다.
─조건이 충족되었습니다.

이어서 마지막 시스템 메시지와 함께.

─'최후의 결전(에픽)(연계)(히든)' 퀘스트가 발동됩니다.

-'프뉴마 마을'로 이동됩니다.

이안 일행의 시야가 점점 하얗게 변하기 시작하였다.

차원 전쟁이 발발한 이후, 카일란을 플레이하는 모든 유저들의 관심은 전부 여기에 쏠려 있었다.

물론 대부분의 유저가 차원 전쟁에 참여할 수준에 미치지 못하였지만, 꼭 전장에서 직접 뛰지 않아도 충분히 재밌는 것이 전쟁 콘텐츠였으니 말이다.

하지만 지금까지의 관심과 마지막 에피소드가 발발한 '오늘'의 관심은 아예 다른 차원의 것이라고 할 수 있었다.

월드컵과 같은 스포츠 이벤트를 기준으로 생각하면.

지금까지가 조별 예선 수준의 이벤트였다면, 오늘은 결승전이나 다름없는 상황이었으니 말이다.

하여 예고도 없이 갑작스레 발생된 상황임에도 불구하고, 전장에는 수많은 취재팀들이 몰려 있었다.

-안녕하세요, 저희는 YTBC의 캐스터, 하인스.

-루시아입니다. 반갑습니다……!

차원 전쟁이 벌어지는 최후의 전장인 균열은 사실 아무나 입장할 수 없는 곳이었다.

필드 자체의 레벨 제한 같은 것은 없었지만, 적어도 초월 50 레벨은 넘어야 무사히 입장할 수준의 난이도였으니 말이다.

그렇다면 각 방송국의 캐스터를 비롯한 해설진은 그 조건에 충족될 정도로 높은 스펙을 갖춘 것일까?

그것은 당연히 아니었다.

중간계가 생겨난 지 제법 시간이 지나기는 했지만, 아직까지도 초월 50레벨이라는 수치는 최상위권 랭커들에게만 허락되는 레벨이었으니 말이었다.

다만 카일란에서는 E스포츠와 게임 콘텐츠의 발전, 활성화를 위해, 카일란 본사와 협약된 방송국에 한해서 방송에 활용할 영상을 촬영할 수 있는 특수 옵저버를 지원하였다.

전장의 어떤 스킬이나 상황에도 영향 받지 않고 자유롭게 허공을 움직이며 촬영할 수 있는, 특수한 옵저버를 말이다.

하여 지금 최후의 전쟁이 벌어지고 있는 이곳 균열에는, 수많은 반투명한 옵저버들이 허공에 떠다니고 있었다.

-드디어 차원 전쟁, 결전의 날이 도래했습니다, 루시아 님.

-그러네요. 조금 갑작스럽기는 했지만, 이런 이벤트에 저희 두 사람이 빠질 수 없겠죠?

-그렇습니다! 오늘도 YTBC를 찾아 주신 시청자 여러분을 위해, 저 하인스와 루시아 님이 최고의 해설을 보여 드리도록 하겠습니다.

보통 이러한 콘텐츠를 해설할 때, 캐스터와 해설진은 시작 시간 한참 전부터 해설을 준비하며 대기해야 한다.

애초에 방송 자체가 콘텐츠 시작 전부터 방영되는 것이 보통이었으니, 해설진은 그보다도 더 일찍부터 준비를 해야 하는 것이다.

하지만 오늘만큼은, 지금까지와 완전히 상황이 달랐다.

애초에 에피소드 자체가 이안의 미션 클리어에 의해 갑작스레 진행된 것이었고, 그 어떤 예고도 없던 상황이었으니.

각 방송사의 캐스터와 해설진은 어떤 준비도 없이 임기응변으로 대응해야 하는 것이다.

물론 이안의 퀘스트 진행 현황을 미리 꿰고 있던 LB사에서, 미리 특별 편성될 콘텐츠가 있음을 언질해 주기는 하였으나.

구체적으로 어떤 방송이 될지조차 방송사에서는 전달받지 못했었다.

'후, 오늘 해설은 진짜 힘들겠어.'

심지어 정규 라이브 방송이 시작되고 있는 지금.

아직 찰리스와 정령왕이 등장하지 않았다 뿐이지, 이미 치열한 전투는 벌어지고 있는 중이었다.

–오늘 전장의 결과에 따라, 앞으로 인간 진영과 마족 진영의 판도가 많이 달라지겠군요?

−물론입니다, 루시아 님. 사실 마족 진영의 입장에서는 패배한다 해도 크게 손해 볼 게 없겠지만, 인간 진영의 랭커들은 제법 피해를 많이 보게 되겠지요.

　−피해라면, 구체적으로 어떤 피해일까요?

　−우선 정령계라는 차원계가 기계문명에 잠식당할 테니, 많은 퀘스트와 콘텐츠들을 잃어버리지 않겠습니까?

　최고의 메이저 게임 방송사 캐스터답게, 루시아와 하인스는 차근차근 대화를 나누며 해설을 시작하였다.

　이미 전쟁이 시작된 중간에 해설을 시작하는 것이기는 하지만, 처음부터 두서없이 전투 해설부터 할 수는 없는 노릇이었으니 말이다.

　그리고 두 사람을 비롯하여, 전 세계 수많은 방송사들과 BJ들이 방송을 시작했을 무렵.

　쿠우웅−!

　거대한 굉음과 함께, 드디어 찰리스가 전장에 모습을 드러내었다.

　중간계의 차원계들을 이어 주는 통로인 '균열'은 지금까지 밝혀진 곳만 해도 거의 열 곳에 달한다.

하지만 같은 균열이라는 이름을 가진 필드라 해도, 분위기와 환경만 같을 뿐, 필드의 형태와 구조는 전부 제각각이라는 것이 재미있는 부분이었다.

처음 이안이 용천에서 발견했던 엘라시움으로 이어지는 균열의 경우, 하방으로 깊게 떨어져 내리는 수직 형태의 좁고 기다란 맵이었다면.

지금 정령계와 라카토리움 간의 최후의 전쟁이 벌어지고 있는 이 균열은 우선 수평으로 이어진 구조였으니 말이다.

게다가 입구만 좁을 뿐 중심부에 도달할수록 넓어지는, 거대한 어둠의 벌판 같은 느낌의 필드였으니, '통로'의 느낌은 확실히 아닌 것이다.

그리고 유저들은 이 또한 카일란 기획팀의 기획 의도임을 느끼고 있었다.

사실 정령계와 기계문명.

각 진영의 대군大軍이 제대로 맞붙기 위해서는 필드가 이 정도의 넓이는 되어야 했으니까.

-라카토리움의 지도자, '찰리스'가 전장에 합류합니다.

-'기계제국의 지도자' 효과가 전장에 부여됩니다.

-'기계' 타입을 가진 모든 대상의 물리, 마법 방어력이 30%만큼 증가합니다.

-'기계' 타입을 가진 모든 대상의 이동속도가 15%만큼 증가합니다.

–'기계' 타입을 가진 모든 대상의 마력이 20%만큼 증폭됩니다.

사실상 기계문명의 대부大夫나 다름없는 존재인 찰리스.

찰리스가 등장했다는 메시지와 함께, 필드에 있던 모든 유저들의 눈앞에 글로벌 메시지가 떠오르며, 모든 기계 괴수들의 주변으로 버프 효과가 빠르게 생성된다.

그리고 그것을 확인한 인간 진영의 유저들은 기겁한 표정이 될 수밖에 없었다.

"미친! 버프를 무슨……?"

"하, 그렇지 않아도 힘들어 죽겠는데. 젠장!"

하지만 불평불만도 잠시, 랭커들은 곧바로 찰리스를 찾아 두리번거릴 수밖에 없었다.

이 전장에서 가장 강력한 적이 바로 그일 것이었기에, 어디서 어떻게 등장하는지 확인해야 했으니 말이다.

그리고 그런 랭커들과 마찬가지로, 전장을 중개하던 캐스터들도 분주히 옵저버를 움직이기 시작했다.

–찰리스! 찰리스가 등장했습니다. 여러분!

–파괴의 군단장 피켄로는 기계 드래곤과 함께 등장했는데…… 찰리스는 과연 어떤 모습으로 등장할까요, 하인스 님?

–글쎄요. 예상이 무척 힘들군요.

–그런가요?

-지금껏 찰리스는 전장에 등장할 때마다, 항상 다른 기계로봇을 타고 나타났으니 말입니다.

-아, 하인스 님의 이야기를 듣고 보니, 확실히 그랬던 것 같군요!

-다만 한 가지 확실한 건, 이번에도 위압적인 모습으로 나타날 것이라는 사실이죠.

-앗, 하인스 님! 저쪽으로……! 깊은 어둠 속에서 커다란 그림자가 나타납니다!

쿵- 쿵-!

균열 전체가 울릴 정도로 크게 울려 퍼지는 육중한 소리에, 유저들의 시선이 전부 소리가 나는 방향을 향해 움직였다.

그것은 비단, 적진의 유저인 인간 유저들뿐만이 아니었다.

마계 진영의 유저들도 찰리스가 어떤 식으로 나타날지 무척이나 궁금했으니, 소리가 울려 퍼지는 곳을 향해 시선을 움직일 수밖에 없는 것이다.

그리고 유저들의 그 관심에 부응하기라도 하듯, 어둠 속에서 찰리스의 위용이 조금씩 드러나기 시작하였다.

-아야! 저 거대한 톱날 같은 팔은 뭐죠?

-아무래도 이족 보행형 로봇인 것 같은데, 아직은 정확한 형태가 보이질 않는군요!

-발록! 발록입니다!

-네? 발록이라고요?

-그렇습니다, 루시아 님! 저 거대한 뿔. 그리고 날카로운 돌기들……!

-우와앗!

-발록의 형상을 한 거대한 기계 괴수가 전장에 모습을 드러냈습니다!

팔목부터 팔꿈치까지 이어진, 날카로운 톱날을 닮은 돌기부터 시작해서, 온몸을 뒤덮은 뾰족한 장식과, 머리에 위협적으로 굽이치며 솟은 거대한 뿔까지.

누가 봐도 발록의 모습을 한 찰리스의 로봇은, 어마어마한 존재감을 뿜어 대며 전장에 합류하였다.

크륵- 크르르르르-!

하지만 전장에 나타난 찰리스의 첫 번째 대사는 이곳 균열 안에 있던 그 누구도 곧바로 이해할 수는 없는 것이었다.

심지어는 하인스와 루시아처럼, LB사로부터 일부 정보를 받은 해설진까지도 말이다.

-감히……! 성스러운 기계 제단을 파괴하다니.

"뭐? 기계 제단?"

"그게 뭐지?"

찰리스가 언급한 기계 제단은 이안 외에는 그 누구도 본 적이 없는 숨겨진 장소였고, 그것은 마족 진영의 유저라 하더라도 다를 것 없었으니.

아무도 찰리스의 대사를 이해하지 못한 것은 너무 당연한 일이었던 것이다.

다만 날카로운 통찰력을 지닌 하인스만이 어느 정도 그 정체에 대해 비슷하게 유추해 볼 수 있었다.

─기계 제단이라는 게 대체 뭘까요, 하인스 님?

─글쎄요. 아마 메인 에피소드와 관련된, 어떤 서브 콘텐츠 아니었을까요?

─아, 그럴 수도 있겠군요.

─이 자리에 없는 다른 인간 진영의 유저가 메인 에피소드와 관련된 트리거를 당겼을지도 모르고요.

─만약 하인스 님의 말이 맞다면, 그 유저는 높은 확률로 이안이겠군요.

─아마도 그렇지 않을까요?

루시아와 하인스의 해설은 전장에 직접 접속해 있는 플레이어들에게는 들리지 않는 목소리다.

하지만 그들의 해설이 아니더라도 유저들은 이런저런 추측을 시작했고, 때문에 전장은 웅성일 수밖에 없었다.

"기계 제단을 파괴했다고?"

"정령계의 신단 같은 건가?"

그리고 그런 웅성임을 전부 잠식할 만큼 커다란 찰리스의 목소리가, 다시 전장에 울려 퍼지기 시작하였다.

크르르르-!

-이곳에서 다시, 그대들의 힘을 거둬 가겠노라.

이어서 이번에는, 트로웰이 전장에 나타나며 그 목소리에 대답하였다.

-재밌군, 재밌어.

-……!

-제단이 파괴되었다면, 엘리샤가 곧 돌아오겠군.

-트로웰, 네놈 짓이 아니었단 말인가!

-내가 해낸 일은 아니나, 누가 한 일인지는 짐작이 가는군.

-그게 무슨……!

-이제 곧 엘리샤와 함께, 정령계의 구원자께서 이 전장에 도착하실 것이다.

간결하지만 명확하게 이어지는 찰리스와 트로웰의 대화.

이 목소리는 전장의 모든 유저들의 귓전에 또렷이 울려 퍼졌고, 이쯤 되자 하인스뿐 아니라 일반 랭커들도, 이것이 어떻게 된 상황인지 어느 정도 이해할 수 있었다.

"이안…… 이안이로군."

"역시, 이안이었어."

"그럼 이제 어떻게 되는 거지? 이안이 돌아오는 건가?"

찰리스의 등장과 함께 전장에 깔린 강력한 기계 타입의 버프.

그 때문에 위축되어 있던 인간 진영에는, 다시 활기가 돌기 시작하였다.

물론 찰리스가 전장에 만들어 낸 버프가 위협적이라는 사실은 변함이 없었지만, 시나리오의 구도상 곧 인간계의 진영에도 그에 버금가는 강력한 버프가 씌워질 것임을 느꼈으니 말이다.

그리고 그들의 기대에 부응하기라도 하듯, 균열의 한편에 새파란 빛이 일렁이기 시작하였다.

고오오오–!

찰리스가 등장할 때만큼 요란하지는 않았지만, 그 못지않게 화려하고 강렬한 기운을 회오리치듯 내뿜으며 전장에 나타난 일단의 무리들.

그들을 발견한 트로웰은 감격에 겨운 탄성을 터뜨릴 수밖에 없었다.

–엘리샤……!

같은 정령왕이라는 사실과 별개로 엘리샤는 트로웰에게 피를 나눈 혈육과도 같은 존재였고, 억겁의 시간이 흐른 뒤에 그녀를 다시 조우한 것이었으니, 묵은 감정이 벅차오를 수밖에 없었던 것이다.

하지만 트로웰이 엘리샤의 등장에 감격했다면, 일반 유저들은 완전히 다른 반응이었다.

-이안! 이안이 나타났습니다!

-역시 전장의 급작스런 전개를 만들어 낸 장본인은 이안이었어요!

-아앗……! 이안뿐이 아닙니다! 유저가 하나 더 있었어요!

-미국 서버의 랭커 조나단입니다!

-오오……! 조나단이라니! 정말 오랜만에 만나는 얼굴이군요!

유저들 또한 정령왕이 시나리오에서 얼마나 중요한 NPC 인지는 충분히 인지하고 있다.

하지만 그것과 별개로 그들의 관심은 같은 유저에게 포커싱될 수밖에 없었고, 때문에 모든 유저들의 관심은 이안과 조나단에게 몰린 것이다.

특히 '조나단'의 등장은 유저들에게 무척이나 신선하게 다가오는 것이었다.

사실 이안이야 어느 정도 예상된 인물이었지만, 조나단은 랭킹과 능력치에 비해 한동안 잊힌 인물이었으니 말이다.

-물의 정령왕, '엘리샤'가 전장에 합류합니다.

-'정령의 수호자' 효과가 전장에 부여됩니다.

-'정령' 타입을 가진 모든 대상의 생명력, 생명력 재생 효과가 만큼 증가합니다.

-'정령' 타입을 가진 모든 대상의 마력 회복 속도가 15%만큼 증가합니다.

-'정령' 타입을 가진 모든 대상의 스킬 공격력이 17%만큼 증폭됩니다.

......후략......

엘리샤의 등장과 함께, 정령계의 진영에도 수많은 버프가 부여되기 시작하였다.

웅- 우우웅-!

버프의 종류는 달랐지만, 밸런스를 생각하면 거의 비슷한 수준의 버프가 부여된 것.

강력한 버프들은 전장을 더욱 화려하게 만들 것이고, 때문에 방송을 시청하던 팬들은 더욱 몰입하기 시작하였다.

두 정령왕과 찰리스의 싸움.

그리고 이안이 합류한 인간계 유저들과 마족 유저들의 전투.

어느 것 하나 기대되지 않는 요소가 없었으니 말이다.

"크, 오늘은 배팅이 없어서 아쉽네."

"아무래도 갑자기 열린 이벤트니까."

물론 이안이 합류한 이상, 유저 밸런스는 마족 진영이 훨씬 불리할 수밖에 없다.

애초에 이안이 카이조차 당해 내지 못할 정도로 강력한 유저라는 사실도 한몫했지만.

기계문명에 대한 마족 진영 유저들의 진행도보다 정령계에 대한 인간 진영 유저들의 진행도가 더 높은 편이었고.

때문에 명계와 엘라시움 쪽에 더 많이 몰려 있는 마족 랭커들과 달리, 인간 진영의 랭커들은 정령계 콘텐츠에 가장 많이 모여 있었으니 말이다.

하지만 유저 진영의 밸런스가 인간 진영 쪽으로 기울어 졌다면, 아직도 NPC들의 전투 밸런스는 기계문명 쪽에 더 무게가 실려 있었으니.

전장의 승패는 아무도 예측할 수 없는 것이었다.

-찰리스, 오늘이야말로 만악의 근원인 네놈을 처단하고, 정령계의 영원한 평화를 찾아가겠노라……!

-건방지군, 트로웰. 지난 세월 동안 그리 겪었으면서, 아직도 나를 알지 못하는가!

-그대야말로 지난 세월의 영광에 매몰되었군요. 찰리스.

-뭣이?

-오늘은 다를 겁니다.

-……!

-정령계의 구원자와, 네트라 님의 가호가…… 처음으로 이 전장에 도래한 날이니까요.

엘리샤의 아름다운 목소리가 전장에 울려 퍼진 직후, 유저들은 당황할 수밖에 없었다.

우웅―!

에피소드가 진행됨에 따라, 모든 유저들의 움직임이 강제로 통제되었으니 말이다.

-'정령계의 구원자'가 전장에 강림합니다.

-해당 에피소드 모드가 끝날 때까지, 움직임이 제한됩니다.

하지만 그러한 당황도 잠시.

우우우웅-!

움직임을 멈춘 유저들의 시선은 전부 허공을 향해 고정되었다.

-정령계의 구원자여, 전장을 승리로 이끄소서.

이어진 엘리샤의 대사와 함께, 황금빛 광휘에 휩싸인 한 남자의 신형이 천천히 전장 위로 내려앉았으니 말이었다.

척-!

커다란 세 자루의 심판 검을 양 어깨에 메고 있는 남자.

그의 정체는 당연히, 이안이었다.

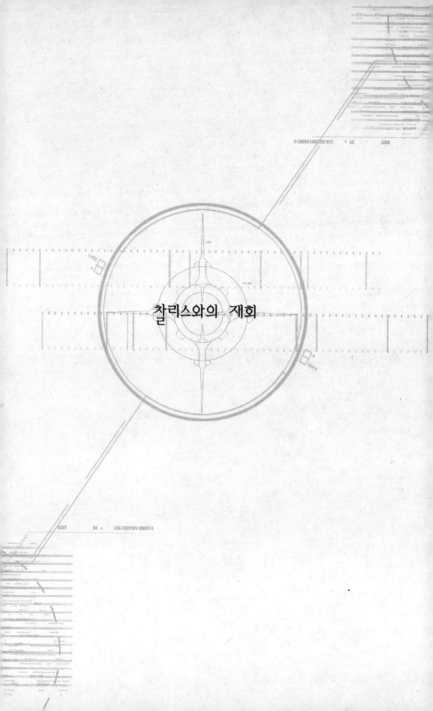

찰리스와의 재회

Taming Master

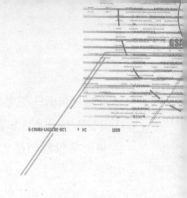

이안을 발견한 찰리스.

그리고 찰리스와 눈이 마주친 이안.

둘 사이에는 잠시 침묵이 흘렀고, 먼저 입을 연 것은 찰리스였다.

-네, 네놈은……!

"오랜만이군, 찰리스."

하지만 이러한 대화의 전개는, 이안의 의지와 아무런 상관이 없는 것이었다.

이안 또한 다른 유저들과 마찬가지로, 에피소드 안에서 캐릭터가 완전히 시스템에 통제되고 있는 상황이었으니 말이다.

'강제 에피소드 진행은 오랜만이네.'

전신을 통제받는 느낌은 썩 유쾌한 것이 아니었지만, 이안
은 나쁘지 않은 기분으로 에피소드가 전개되는 것을 지켜보
았다.

강제 진행을 여러 번 경험해 보면서 어느 정도 익숙해지기
도 했거니와, 지금 이안의 상황 자체가 기분이 나쁠 수 없는
상황이었으니 말이다.

에피소드상, 정령계의 운명이 이안에게 달려 있으며, 모든
NPC와 유저들이 그를 우러러보고 있는 상황.

이안이 평소 타인의 관심을 즐기는 타입이 아니라고 할지
라도, 조금은 우쭐할 수밖에 없는 상황인 것이다.

—네트라의 가호…… 그리고 정령계의 구원자라…….

"무슨 문제라도 있나?"

—출세했군, 꼬마. 역시 그때 네놈을 죽여 버렸어야 했다.

이안을 응시하는 찰리스의 두 눈이 붉은 빛으로 번들거렸
다.

기계 발록의 안에 탑승하고 있어 지상의 유저들은 찰리스
의 표정을 볼 수 없었지만, 그와 같은 눈높이에서 마주한 이
안은 분노한 그의 표정을 또렷이 확인할 수 있었다.

'그러고 보니 찰리스와의 인연도, 정령계의 시작과 끝으로
이어지는군.'

에피소드의 진행을 지켜보던 이안은 속으로 피식 웃었다.

아마 찰리스가 유저였다면, 사사 건건 그의 계획을 방해하는 이안 때문에 속이 썩어 들어갔으리라.

"마치 자비롭게 살려 두기라도 했다는 이야기로 들리는군."

─……!

"말은 똑바로 하도록, 찰리스. 네놈은 그때 날 '안' 죽인 것이 아니라, '못' 죽인 것이다."

균열의 안에서 또랑또랑 울려 퍼지는 이안의, 아니, 이안의 AI의 목소리.

그것을 듣던 이안은 어이없는 표정이 될 수밖에 없었다.

물론 대사가 조금 오그라들기는 했지만, 이안이 찰리스에게 하고 싶었던 말을 AI가 거의 비슷하게 해 주었으니 말이다.

'뭐지? 캐릭터의 AI가…… 설마 유저의 성격이나 성향까지도 반영하는 건가?'

설마 그렇게까지 고도의(?) 기술로 만들어진 인공지능이겠나 싶다가도, 그럴지도 모르겠다는 생각이 들 정도로 정말 이안 같은 대사를 보여 주는 이안의 AI.

그리고 그 얄미운 대사에, 찰리스는 더욱 분노하기 시작하였다.

찰리스는 낮게 끓어오르는 목소리로, 이안을 향해 다시 입을 열었다.

─내게 정말, 네놈을 죽일 수 있는 힘이 없었다고 생각하는 것인

가……!

"물론."

―어리석은 인간이여……! 그렇다면 오늘 이 자리에서 한번, 나의 능력을 경험해 보도록 하라.

"경험이라……."

―과연 이 찰리스에게 네놈을 죽일 능력이 있는 것인지 없는 것인지…… 그 알량한 목숨을 담보로 한번 시험해 보도록……!

찰리스의 목소리가 상기되면 상기될수록, 그가 탑승해 있는 발록 형상의 기계 괴수는 점점 더 붉게 달아올랐다.

크르르르―!

당장이라도 사방으로 터져 나갈 듯, 강렬한 붉은 기운을 잉태하는 찰리스의 기계 로봇.

하지만 그런 찰리스의 위협에도 불구하고, 이안은 눈 하나 깜짝하지 않은 채 심판 검을 뽑아 들었다.

스르릉―!

"과거에도. 그리고 오늘날에도……."

척―!

찰리스를 겨눈 이안의 심판 검이 새하얀 빛으로 반짝이기 시작하였다.

"네놈에게 날 죽일 능력 같은 것은 없다, 찰리스."

―……!

"오늘 이 자리에서, 그 사실을 증명해 주도록 하지."

이안의 대사가 끝나자 이번에는 이안의 검에서 새어 나온 새하얀 빛이 점점 더 커다랗게 이안의 주변을 휘감기 시작하였다.

그리고 잠시 후.

파앗-!

이안의 주변을 맴돌던 새하얀 빛과, 찰리스의 앞에 잉태되었던 붉은 기류가, 동시에 사방으로 터져 나가며 화려한 이펙트를 폭발시켰다.

콰아앙-!

그리고 그와 동시에.

띠링-!

전쟁의 발발을 알리는 시스템 메시지가 모든 유저들의 눈앞에 주르륵 떠올랐다.

-네트라의 권능과 악신의 권능이 균열의 힘을 잠식합니다.

-두 가지 권능이 상쇄되어, 전장에서 소멸됩니다.

-'기계 제국의 지도자' 효과가 90%만큼 감소합니다.

-'정령의 수호자' 효과가 90%만큼 감소합니다.

-'정령계의 구원자' 에피소드가 종료됩니다.

-전쟁이 시작됩니다.

-모든 움직임이 다시 자유로워집니다.

이어서 가장 먼저 전장을 향해 뛰어든 것은 어느새 아이언의 등에 올라탄 이안이었다.

네트라의 권능과 악신의 권능이 상쇄되며, 전장에 깔렸던 버프가 다시 크게 효력을 잃었다.

10%가량의 버프가 각각 남아 있기는 했지만, 기존에 비하면 큰 의미 없는 수준인 것.

때문에 방송을 시청하던 몇몇 유저들은, 의아한 표정이 될 수밖에 없었다.

"저럴 거면 굳이 버프를 걸었다 풀었다 하는 이유가 뭐지?"

사실상 전장에 깔린 버프가 의미 없는 수준이 되어 버렸으니, 오로지 연출을 위한 것이라고 생각된 것이다.

그에 더해 단지 연출을 위한 것이라기에는 구체적인 수치와 버프 종류가 너무 다양하였기 때문에, 기획 의도가 뭔지 충분히 의아할 만하였다.

"그러게. 쓸데없이 구체적이네."

하지만 당연하게도, 카일란의 기획팀이 쓸데없는 공수를 소모했을 리는 없었다.

그 상세한 광역 버프의 수치들과 밸런스가, 단순히 연출 목적으로 만들어진 것은 아니라는 이야기다.

다만 이렇게 서로 상쇄되며 버프의 효과가 퇴색된 것은, 특수한 조건이 충족되었기 때문이었다.

이안이 충족시킨 특수한 조건이라는 것은……

첫째, 엘리샤를 성공적으로 구해 낸 것.

둘째, 네트라의 신뢰를 얻어 낸 것.

바로 이 두 가지라 할 수 있었다.

"경우의 수는 네 가지야."

화면을 보던 나지찬이 운을 떼자, 그의 옆에 있던 신입 기획자가 귀를 쫑긋 세웠다.

"네 가지요?"

"첫째, 이안이 네트라의 신뢰도 얻지 못하고, 엘리샤를 구해 내지도 못했을 경우."

"……!"

"둘째, 이안이 네트라의 신뢰는 얻지 못한 상태에서, 엘리샤의 구출에만 성공했을 경우."

"그리고요?"

"셋째, 이안이 엘리샤 구출 퀘스트에는 실패했지만, 네트라의 신뢰는 얻어 냈을 경우."

"넷째는 둘 다 충족시킨 지금의 상황이겠네요."

"그렇지."

나지찬이 말한 첫 번째 케이스였을 경우, 정령계의 진영에는 네트라의 가호도 정령의 수호자 버프도 없었을 것이다.

이 상황에서 전장에 악신의 권능이 내렸다면, 버프가 상쇄되기는커녕 어마어마한 디버프가 진영 전체에 걸렸을 터.

그리고 두 번째의 경우, 엘리샤의 버프인 정령의 수호자 버프는 있었겠지만, 네트라의 가호는 없었을 것이다.

만약 이 상황에서 악신의 권능이 내렸다면, 수호자 버프는 상쇄되어 줄어들지만, 라카토리움 진영에 깔린 '기계 제국의 지도자' 버프는 온전히 유지됐을 것이다.

반대로 세 번째의 경우에서는 수호자 버프가 없고 네트라의 가호만 있었을 테니.

그랬더라면 기계 제국의 지도자 버프를 상쇄시킬 수 있었을지언정, 정령계 진영에는 강력한 디버프가 걸렸을 것이다.

"사실상 이안이 두 조건 중 하나라도 충족시키지 못했더라면…… 전쟁은 기계문명의 승리로 끝났겠군요."

"그렇지. 애초에 이 에피소드 자체가 인간 진영에 어렵도록 설계되어 있었으니 말이야."

신입 기획자의 입장에서는, 대격변이 일어나는 지금의 상황이 무척이나 흥미롭고 중요한 상황이었다.

카일란의 에피소드들이 어떤 식으로 기획되어 있는지 체감으로 배울 수 있는 확실한 기회였으니 말이다.

"그런데, 팀장님. 이안이 진행한 엘리샤 퀘스트가 최후의 전쟁 에피소드의 트리거라 하지 않으셨나요?"

"그랬지."

"그럼 이안이 퀘스트를 실패했다면, 이 상황이 벌어지지도 않았겠네요?"

"그건 아니야."

"어째서요?"

"이안이 퀘스트를 성공하든, 실패하든, 그 퀘스트가 종료되는 시점 자체가 트리거였으니까."

"아……!"

만약 이 제단의 가디언 다카타루스를 처치하고 엘리샤를 구해 내지 못했다 해도.

이안이 퀘스트에 실패한 것을 트리거로, 새 에피소드가 발동되었을 것이다.

그랬더라면, 네트라의 가호와 엘리샤, 그리고 이안조차도 없이 이렇게 같은 상황이 펼쳐졌을 테니, 정령계는 순식간에 무너져 내렸을 것이다.

"진짜 메인 에피소드들은…… 엄청 복잡하고 촘촘하게 짜여 있는 거로군요."

"그러니까 우리가 매번 야근을 하는 것 아니겠어?"

"사람을 더 뽑으면 안 되나요, 팀장님? 대표님이 TO를 안 주시나요?"

"그건 아니야."

"엇……?"

"사람이 부족하다는 요청은, 우리 회사에선 거의 들어주는 편이니 말이야."

"그럼 왜 안 뽑는 건가요?"

"사람을 더 뽑으면 야근을 안 할 것 같지?"

"네……?"

"내가 이 회사 몇 년 다니면서 느낀 건데, 사람을 뽑으면 귀신같이 일이 더 많아지더라고."

"……."

"정말 미스터리한 일이지."

"그런……."

"사실 새로 가르치는 것도, 꽤나 큰일이고 말이야."

신입 기획자와 이런저런 이야기를 나누며 스크린을 응시하던 나지찬은, 대화를 멈추고 다시 화면에 집중하기 시작하였다.

하지만 지금 스크린을 보는 그는, 어떤 사고(?)가 터질지 긴장하며 모니터링하는 기획자의 표정이 아니었다.

'후후, 이제, 정령왕의 진정한 위력을 볼 수 있으려나?'

이안이 퀘스트를 클리어하고 모든 조건을 충족시킨 이상, 이미 이 전쟁의 결과는 어느 정도 예측이 가능했으니 말이다.

'차라리 이런 상황에서 지켜보는 게, 마음 편하다는 말이지.'

일반 유저들이나 카일란 팬들이 전쟁의 승패를 예측하기

어려운 이유는, 찰리스와 정령왕의 구체적인 스펙을 알지 못해서이다.

콘텐츠의 성격상, 유저만큼이나 NPC의 전투력이 결과에 중요한 영향을 미치니 말이다.

하지만 이 모든 기획에 가장 깊숙이 참여한 기획자인 나지찬은 모든 세부 스펙을 빠짐없이 알고 있다.

그리고 그런 그가 분석한 바로, 이 전쟁은 정령계의 승리로 끝날 확률이 무척이나 높았다.

'이안과 정령왕의 시너지…… 이게 너무 사기적이란 말이지. 출시하기 전에, 엘리샤를 좀 너프했어야 했어.'

잠시 기획자의 시선에서 생각하던 나지찬은 고개를 휙휙 저으며 스크린에 다시 집중하였다.

지금 그가 모니터링실에 앉은 이유는 기획 분석을 핑계로 이안의 전쟁 영상을 즐기기 위함이었으니 말이다.

그리고 이안이 기계문명의 진영에 뛰어든 순간부터, 나지찬의 표정은 점점 더 상기될 수밖에 없었다.

여느 때와 마찬가지로 이안의 플레이가, 그의 기대에 완벽히 부응하기 시작하였으니 말이다.

미국 서버의 톱 플레이어이자, 최상위권 길드인 '크리쳐'

길드의 랭커 릴리스.

차원 전쟁이 열린 첫날부터 이 전장에 참여했던 그녀는, 거의 한 달에 가까운 시간 동안 오늘만을 기다리고 있었다.

'후우, 드디어……!'

칼데라스를 비롯한 상위권 마족 진영 길드들이 명계 콘텐츠에 주력하고 있을 때, '틈새시장'이었던 기계문명의 콘텐츠를 지속적으로 준비해 왔던 두 곳의 길드가, 바로 크리쳐 길드와 다크블러드 길드였다.

하지만 기사 대전이 열리기 직전, 이안으로부터 치명적인 타격을 입은 다크블러드 길드는 다른 차원계로 중간계 공략을 선회하였고, 덕분에 이제 라카토리움에 남은 마계 진영의 랭커 길드들 중, 가장 진행도가 높은 길드가 바로 크리쳐 길드였다.

그리고 진행도가 높다는 이야기는, 메인 에피소드인 이 차원 전쟁에서 가져갈 콩고물(?)이 가장 많다는 이야기.

'아무리 이안이라 해도, 이 전쟁은 무조건 이겨야만 해.'

특히 찰리스에게 직접 퀘스트를 받을 정도로 콘텐츠 진행도가 높은 릴리스는, 전쟁의 승리에도 어느 정도 확신을 갖고 있는 상태였다.

찰리스가 가진 진정한 힘을 그녀만큼 잘 알고 있는 유저는 없었으니 말이었다.

'정령왕이 분명히 강력하긴 하지만, 찰리스의 힘에 비하면

아무것도 아니지.'

릴리스는 전장에서 싸우며, 이미 트로웰의 전투력을 여러 번 경험해 보았다.

그리고 그 결과, 새로운 정령왕 엘리샤가 합류하였다 하더라도 찰리스를 이겨 내는 것은 불가능하다고 판단하였다.

'모든 사대 정령왕이 전부 나타나는 게 아니라면, 이 전쟁은 질 수가 없어.'

그 때문에 새로운 에피소드가 열린 이 시점, 그녀의 기대는 점점 더 증폭되고 있었다.

전쟁의 승리에 마지막 변수나 다름없는 저 '이안'만 성공적으로 저지한다면, 지금껏 쌓아 온 막대한 전쟁 공헌도가 어마어마한 보상이 되어 돌아올 테니 말이었다.

'이안의 전투력이 유저 중 최강인 건 사실이지만…… 정령왕 둘의 빈자리를 채울 수 있을 정도는 아닐 거야.'

하지만 에피소드가 열리고 본격적으로 이안과 찰리스가 맞붙은 순간, 릴리스는 자신이 한 가지 사실을 간과했다는 것을 깨달을 수밖에 없었다.

"……!"

단순히 두 정령왕에 '이안'이라는 전력이 추가된 것이 아니라, '이안'이라는 톱 플레이어가 트로웰과 엘리샤를 얻은 형국이라는 것을 말이었다.

이안은 트로웰과 계약한 이후, 지금껏 그의 능력을 제대로 활용해 본 적이 없었다.

그의 능력을 사용하려면 그가 있는 차원 전쟁의 최전방에서 참전했어야 하는데.

퀘스트의 진행상, 전장에서 제대로 싸울 일이 아직 없었으니 말이다.

'그게 제일 아쉬웠지.'

하지만 그럼에도 불구하고, 이안은 트로웰의 고유 능력을 사용하는 것이 전혀 어색하지 않았다.

실전에서 써먹어 보지 못했다 뿐이지, 그의 고유 능력은 처음 계약했을 때부터 달달 꿰고 있었으니 말이다.

하여 이안은 망설임 없이, 생각해 뒀던 첫 번째 고유 능력을 발동시켰다.

"권능의 수호령 소환······!"

고오오오-!

물의 정령왕 엘리샤에게 '권능의 보호막(水)' 고유 능력이 있다면, 대지의 정령왕인 트로웰에게는 '권능의 수호령(地)' 고유 능력이 있다.

정령왕이 가진 고유 능력 중, 가장 상징성이 큰 첫 번째 고유 능력.

그 성능은 다음과 같은 것이었다.

권능의 수호령地

대지의 정령왕 트로웰은 자신의 강력한 권능을 사용하여 대지를 수호하는 '수호령'을 소환할 수 있습니다.

소환된 수호령은 트로웰과 계약된 소환(정령)술사에게 동기화되며, 소환술사의 의지에 따라 전장을 누비게 됩니다.

수호령을 통제하는 동안 소환술사는 움직일 수 없으며, 대신 '무적' 상태가 됩니다.(움직일 수 없는 상태에서도, 움직임이 필요 없는 종류의 고유 능력들은 발동 가능합니다.)

*수호령의 능력치는 트로웰의 전투 능력과 해당 능력을 발동시킨 소환술사의 정령 스텟에 비례하여 결정됩니다.

*수호령의 외형은 소환술사가 가진 레벨과 전투 능력치에 따라 변화됩니다.

*소환된 수호령의 생명력이 소모되면 해당 피해의 절반만큼을 트로웰이 대신 입습니다.

*수호령의 소환이 지속되는 시간 동안, 소환술사의 정령 마력은 두 배로 소모됩니다.

*수호령을 소환 해제 하면, 600초 동안 다시 소환할 수 없습니다.

*소환 해제 된 동안, 수호령은 천천히 회복됩니다.(1초당 수호령의 생명력이 0.1% 회복됩니다.)

*수호령이 사망한다면, 1,800초 동안 다시 소환할 수 없습니다.

이안이 전장에 뛰어들자마자, 이 고유 능력을 가장 먼저 발동시킨 이유는 무척이나 간단한 것이었다.

'유일하게 감이 안 오는 고유 능력이 바로 이 녀석이거든.'

트로웰의 다른 고유 능력들은 성능과 효율을 떠나 어떤 식으로 사용 가능할지 예측 범위 안에 있는 것들이었는데.

이 권능의 수호령만큼은 스킬 설명만으로 제대로 된 스펙이 파악되지 않았으니 말이다.

정령술사의 능력과 정령의 능력.

이 두 가지가 복합적으로 반영되어 탄생한다는 설명만으로는 아무리 이안이라도 예측이 불가능했으니까.

'게다가 동기화라는 의미도 무슨 말인지 잘 감이 오지 않고 말이지.'

하지만 그래서, 이안은 오히려 이 고유 능력이 더욱 기대되었다.

어쨌든 정령왕의 '권능'이라는 수식이 붙어 있는 대표 고유 능력이었으니, 성능이 떨어질 리는 없을 테니 말이다.

그리고 한 가지 더, 이 고유 능력의 설명 중 이안은 이 부분이 가장 기대되고 마음에 들었다.

-수호령의 외형은 소환술사가 가진 레벨과 전투 능력치에 따라 변화됩니다.

'이런 옵션은 또 처음 본단 말이지.'

카일란에서 닳고 닳은 이안조차도 처음 보는 종류의 스킬 옵션.

이안은 이 수호령이라는 녀석의 외형이 자신의 능력치에 영향을 받는다면, 과연 어떤 모습으로 전장에 나타날지 궁금하였다.

'기왕이면 멋진 외형이었으면 좋겠는데…….'

그리고 이안의 그러한 궁금증은 곧바로 해결될 수 있었다.

고오오오-!

-오너라, 기계문명의 하수인들이여……!

트로웰의 몸에서 뿜어 나온 초록빛깔의 빛줄기가 전장에 거대한 거인을 만들어 내었으니 말이다.

'뭐지? 이건 무슨 요술 램프도 아니고…….'

짙은 청록빛에 빛나는 황금빛 금장.

거대하고 화려한 갑주를 걸치고, 위협적인 삼지창을 손에 쥔 거인.

빛줄기에서는 마치 램프의 요정처럼 하반신이 소용돌이에 잠긴 거인이 나타났고, 그를 확인한 이안은 묘한 표정이 되었다.

'엄청 우락부락하잖아……?'

좀 더 샤프하고 멋진 형태를 기대했었는데, 생각보다 무식한(?) 외형의 수호령이 등장했으니 말이다.

하지만 이안의 표정에는 곧 흥미가 가득해졌다.

-트로웰이 가진 대지의 권능으로, 권능의 수호령을 소환하였습니다.

-수호령과의 동기화가 시작됩니다.

새로운 시스템 메시지가 떠오르기 시작하더니.

우우웅—!

수호령이 마치, 이안의 손발이 되어 움직이기 시작하였다.

─이제부터 수호령의 모든 움직임을 통제합니다.

─수호령의 움직임을 통제하는 동안, 소환술사는 움직일 수 없습니다.

─수호령의 부가 효과로 인해, 일시적으로 '무적' 상태가 됩니다.

그리고 고유 능력이 본격적으로 작동되기 시작하자, 이안은 비로소 스킬 설명을 확실하게 이해할 수 있었다.

'오호, 이런 거였어?'

수호령을 통제하는 동안 움직일 수 없다는 의미를, 정확히 파악한 것이다.

'소환이 유지되는 동안 계속 움직일 수 없는 건 줄 알았는데…… 그건 아니었네.'

결론부터 말하자면 수호령과의 동기화는 수호령이 소환되어 있는 동안에도 on/off가 가능했다.

이안이 수호령과 동기화되어 그를 컨트롤하다가도, 필요에 따라 동기화를 해제할 수 있는 것이다.

동기화를 해제하면 그와 동시에 무적이 풀려 버리지만, 따로 재사용 대기시간 없이 언제든 다시 동기화하는 것이 가능했으니.

소환술사의 컨트롤 능력에 따라, 무궁무진한 가능성을 열어 주는 시스템이라고 할 수 있었다.

'대박이군.'

하지만 그렇다고 해서, 이 무적 시스템을 입맛에 맞게 제한 없이 사용할 수 있는 건 아니었다.

—동기화를 해제하였습니다.

—소환술사의 '무적' 효과가 해제됩니다.

—통제받지 않는 수호령의 모든 전투 능력치가, 대폭 하락합니다.

동기화가 해제된 상태에서의 수호령은 전투 능력치가 본래의 절반도 채 나오지 않으며, 전투 AI도 무척이나 떨어지는 편이었으니.

이안이 무적만 이용하며 이 녀석을 통제하지 않는다면, 기계 군단의 공격을 버티지 못하고 금세 소멸되어 버릴 것이었으니 말이다.

'좋아, 이쯤 했으면 파악은 다 된 것 같고…….'

여하튼 수호령의 사용법(?)을 금세 익힌 이안은 곧바로 다시 수호령에 동기화되었다.

이어서 수호령이 든 거대한 삼지창을 시원하게 휘두르기 시작하였다.

'자, 한번 싸워 볼까?'

그리고 수호령의 몸을 움직이는 이안은 무척이나 상기된 표정이었다.

과연 이 거인이 얼마나 강력한 위용을 보여 줄 수 있을지, 너무도 궁금했으니 말이다.

-크하하핫-! 모조리 쓸어 주마!

이안이 손을 뻗자, 수호령의 삼지창이 눈앞에 있던 기계 괴수의 어깻죽지에 그대로 내리꽂혔다.

콰아앙-!

그리고 그와 동시에.

퍼엉-!

강렬한 푸른빛의 섬광이 타격점에서 폭발하였다.

-'권능의 수호령'이 기계 괴수 '카크루'에게 치명적인 피해를 입혔습니다!

-기계 괴수 '카크루'의 내구도가 1,619,820만큼 감소합니다!

거대한 몸집에도 불구하고, 어마어마한 스피드를 자랑하는 수호령의 창격槍擊.

그 위력을 확인한 이안은 두 눈이 휘둥그레질 수밖에 없었다.

'아니, 무슨 이런 미친 딜이……?'

수호령 자체가 강력한 고유 능력이긴 하였지만, 그래도 평타나 다름없는 단순한 공격이 100만 단위의 내구도를 깎아 버리는 것은 처음 보았으니 말이다.

물론 이것은 이안의 스텟 때문이라기보다 초월 200레벨 트로웰의 능력과 정령의 구원자라는 특수한 칭호 덕분이었지만.

그런 것을 다 감안하더라도, 경악할 만한 위력임은 분명하였다.

'이거, 개꿀이잖아?'

하지만 그렇다고 해서, 모든 상황이 순조롭게만 흘러가는 것은 아니었다.

-저 무식한 수호령을 우선적으로 파괴하라!

수호령의 위력을 파악한 것인지, 찰리스도 수호령을 먼저 공격하기 위해 달려들었고.

콰콰쾅-!

-기계석궁으로부터 치명적인 피해를 입었습니다!

-수호령의 생명력이 291,809만큼 감소합니다!

-'파괴의 섬광'으로 인해, 치명적인 피해를 입었습니다!

-수호령의 생명력이 792,819만큼 감소합니다!

……후략…….

빗발같이 쏟아지는 공격에, 수호령의 생명력도 순식간에

깎여 나갔으니 말이었다.

'이거, 컨트롤이 생각처럼 쉽진 않네.'

아무리 이안의 피지컬이 좋다고 해도, 수호령을 컨트롤하는 것은 처음 해 보는 것이었고.

이안이 항상 컨트롤하던 이안의 캐릭터보다 수호령의 몸집이 최소 10배 이상 더 거대했으니, 깔끔하고 완벽한 컨트롤을 보이는 것은 쉽지 않았던 것이다.

'젠장, 괜히 무식하게 센 게 아니었어.'

하지만 그럼에도 불구하고 이안은 빠르게 수호령의 움직임에 적응해 나갔다.

컨트롤이 어려운 만큼 그것을 완벽하게 해냈을 때, 리턴값은 어마어마한 수준이었으니 말이다.

콰아앙-!

그리고 그렇게 거대한 수호령을 컨트롤하는 이안의 전투 영상은 전 세계의 팬들을 열광하게 만들었다.

-와, 미쳤다. 저 거대한 소환수는 뭐야?

-소환수? 정령 아닐까?

-아까 보니 대지의 정령왕이 만들어 낸 소환수 같던데?

-뭐지……?

-으, 이안 부럽다. 나도 정령왕 한번 써 보고 싶어.

수호령에 빙의된 이안은 순식간에 기계 괴수들을 하나씩 터트려 버렸다.

하지만 이번에 팬들이 열광하는 것은 이안의 컨트롤 능력 때문이 아니었다.

오히려 이안의 평소 플레이보다 수호령의 움직임은 훨씬 둔할 수밖에 없었고.

다만 수호령의 창이 휘둘러질 때마다 터지는 화려한 이펙트와 전쟁 영상이 너무 멋진 것일 뿐이었다.

-캬……! 존멋!
-저도 이안의 요술 램프 한번 구해 봅니다. 파실 분 없음?

하지만 그렇게 전쟁의 서막을 장식한 이안의 수호령은 그리 오랫동안 전장을 누빌 수 없었다.

결국 대미지가 어느 정도 누적되자, 이안이 소환 해제를 해 버렸으니 말이다.

"수호령, 소환 해제!"

우우웅―!

이안이 수호령을 소환 해제 한 시점은 수호령의 생명력이 40% 정도 남았을 시점.

그리고 이 시점에서 이안이 소환 해제를 한 이유는 간단했다.

수호령이 소환 해제 되어 있는 600초라는 시간 동안, 회복시킬 수 있는 생명력이 정확히 60% 남짓이었으니 말이다.

'좋았어. 이제 감 잡았다고!'

그리고 이 수호령을 컨트롤하는 동안, 이안은 이 고유 능력의 기획 의도를 확실히 깨달을 수 있었다.

'찰리스, 저 괴물을 잡기 위해 만들어진 고유 능력이…….바로 이거였군.'

어지간한 유저들의 공격에는 기스도 나지 않는 찰리스의 기계 발록.

녀석을 처치하기 위한 키 카드가 바로 이 수호령임을 10분여 정도의 체험판(?)을 통해 깨달은 것이다.

하여 수호령의 능력에 대해 완벽히 파악한 이안은 계획을 조금 수정하였다.

'찰리스의 공략은 최대한 뒤로 미룬다.'

수호령의 숙련도를 최상으로 끌어올릴 수 있을 때까지.

찰리스와의 교전은 최대한 피하며, 다른 기계 괴수들의 숫자를 줄여 나가는 방향으로 가닥을 잡은 것이다.

그리고 그런 이안의 움직임에 찰리스는 점점 더 약이 오를 수밖에 없었다.

─쥐새끼 같은 놈! 종전의 그 자신감은 어디로 가고 쥐새끼처럼 도망만 다니는 것이냐!

하여 분노한 찰리스는 자신이 가진 가장 강력한 기술 중 하나를 이안을 향해 쏘아내었다.

콰아아아-!

-'찰리스'의 고유 능력, '멸망의 폭발'이 발동합니다.

퍼퍼퍼펑-!

'멸망'이라는 수식어에 어울릴 정도로 위력적인 화염의 폭발을 일정 범위 내에 입히는 강력한 공격 기술.

게다가 연쇄적으로 터져 나오는 연쇄 폭발형 기술이었기 때문에, 유저들은 적잖이 당황할 수밖에 없었다.

"아, 안 돼……!"

"저 스킬을 벌써 쓰다니!"

궁극의 기술 중 하나가 전장 초반부터 나왔으니, 인간 진영의 랭커들로서는 경악할 수밖에 없는 것이다.

하지만 정작 당사자인 이안은 태평하기 그지없었다.

핑-피피핑-!

이안의 손이 뻗어 나가며 물 속성의 투사체가 휘몰아 쳐 나간 순간.

띠링-!

-물의 정령왕 엘리샤의 고유 능력, '권능의 보호막(水)'이 발동합니다.

순식간에 어마어마한 양의 실드가 범위 내의 모든 정령들과 유저들에게 차올랐으니 말이었다.

권능의 보호막의 발동 조건은 간단하지만 어렵다.

물 속성의 공격 마법을 셋 이상의 적에게 동시에 명중시킨다는 것이, 설명은 심플하지만 결코 쉬운 난이도의 조건부는 아니었으니 말이다.

게다가 생성되는 보호막의 내구도에 해당 마법으로 입힌 피해량이 계수로 적용되니, 대충 아무 마법이나 맞힌다면 실드량이 제대로 뽑히질 않는다.

하지만 이 보호막 생성의 난이도는 전장에 따라 천차만별이라 할 수 있었다.

'이렇게 보호막 셔틀이 많은 떼 싸움에서라면…….'

이렇게 끝도 없이 밀려드는 기계 괴수들을 앞에 둔 전장에서, 셋 이상의 적에게 물 속성 마법 피해를 입히는 것은, 눈 감고도 할 수 있을 정도로 쉬운 일이었으니 말이다.

물론 그렇다고 해서, 이안이 대충 마법을 난사할 리는 없었다.

그 와중에도 최고의 효율로 고유 능력을 발동시키는 것이 이안이 지향하는 플레이였으니 말이다.

촤아아–!

이안이 손을 뻗자, 시퍼런 기운이 손바닥에서 퍼져 나오기 시작한다.

　

　-물의 정령왕 엘리샤의 고유 능력, '달빛 파도'가 발동됩니다.

　

　이어서 그의 손에서 뻗어 나간 시퍼런 물의 파동이 전장의
기계 괴수들을 한차례 휩쓸며 지나간다.

　마치 부메랑처럼 빙글빙글 돌며, 반달 모양으로 적을 쓸고
지나가는 물의 부메랑.

　

　-기계 괴수 '파코스'에게 치명적인 피해를 입혔습니다!

　-기계 괴수 '토르탁스'에게 치명적인 피해를 입혔습니다!

　-조건이 충족되었습니다!

　-'달빛 파도' 고유 능력의 부가 효과가 발동하였습니다!

　-피격된 모든 대상의 물 속성 저항력이 5%만큼 감소합니다.

　-피격된 모든 대상의 움직임이 10%만큼 둔화됩니다.

　-'달빛 파도'의 충전 대기시간이 1초만큼 감소하였습니다.

　-'달빛 파도'의 충전 대기시간이 1초만큼 감소하였습니다.

　……후략…….

　

　엘리샤의 고유 능력인 '달빛 파도'는 이안이 처음 엘리샤와
계약했을 때에는 쓸 수 없었던 고유 능력이었다.

　봉인된 상태에서는 후반부 고유 능력들이 전부 사용 불가

상태였기 때문에, 이안이 퀘스트를 깨고 엘리샤 구출에 성공했을 때부터 이 고유 능력을 쓸 수 있게 된 것이니 말이다.

달빛 파도

전방에 달빛의 기운을 충전한 파도를 뿌려 내어, 범위 내의 모든 적에게 물 속성 마법 피해를 입힙니다.
마법 피해는 '물' 속성의 속성 강화를 받으며(상성이 좋은 적을 공격할 시 위력 증가) 정령술사의 소환 마력과 정령 마력, 그리고 엘리샤의 마법 공격력에 비례하여 위력이 증가합니다.

엘리샤의 고유 능력인 만큼 달빛 파도의 위력은 무척이나 강력한 편이었다.

따로 캐스팅 시간도 없이 연속으로 사용할 수 있는 광역 스킬임에도 불구하고, 어지간한 단일 마법의 공격력에 버금가는 위력을 보여 줬으니 말이었다.

-기계 괴수 '라차르트'에게 치명적인 피해를 입혔습니다!
-'라차르트'의 내구도가 289,201만큼 감소합니다.
-'티크루'의 내구도가 255,112만큼 감소합니다.
······후략······.

그 때문에 그와 연계되어 발동하는 고유 능력인 권능의 보호막의 위력도 더욱 강화될 수밖에 없었다.

최하급 정령 마법 중 하나인 '워터 건'으로 권능의 보호막을 발동시킬 때보다, 최소 3배 이상의 실드량이 만들어지는 것이다.

　　-물의 정령왕 엘리샤의 고유 능력, '권능의 보호막(水)'이 발동합니다.
　　-반경 내의 모든 아군에게, 519,280만큼의 실드를 생성합니다.
　　-반경 내의 모든 아군에게, 499,250만큼의 실드를 생성합니다.
　　……중략……
　　-권능의 보호막 중첩 가능 수치가 최대치에 달했습니다.
　　-더 이상 보호막이 생성되지 않습니다.

　달빛 파도와 권능의 보호막이 최상의 시너지를 만들어 내면서, 순식간에 200만이 넘는 실드를 범위 내에 쌓아 버린 것.
　우우웅-!
　이것은 초월 100레벨에 근접한 이안의 최대 생명력을 넘어서는 수준이었고, 동급의 기사 클래스 최대 생명력과 비교해도 30%가 넘는 실드량이었다.

　　-이안의 주변으로 실드가 생성됩니다!
　　-시, 실드가 순식간에 중첩됩니다!

　콰아앙-!

-버, 버텼습니다!
　-멸망의 폭발이 이안의 보호막에 흡수됩니다!

　사실 200만의 실드로도, 멸망의 폭발을 완벽히 버텨 내는 것은 불가능하였다.

　멸망의 폭발은 찰리스가 가진 스킬 중에서도 가장 강력한 광역기 중 하나였고, 게다가 대미지를 한 번 입히고 끝나는 스킬이 아닌 '연쇄 폭발'을 일으키는 스킬이었으니 말이다.

　한 틱당 70~150만의 피해를 입히는 광역 폭발이 순식간에 서너번 연속으로 터지니, 그것을 전부 막아 내는 것은 불가능한 것.

　그렇다면 이안은 대체 이 무지막지한 광역 기술을 어떻게 보호막으로 버텨 낸 것일까?

　그것이 가능했던 이유는 바로, 달빛 파도의 충전 시스템에 있었다.

*달빛 파도는 15초에 한 번 충전되며, 최대 3회까지 충전됩니다. (3/3)
*'달빛 파도' 고유 능력으로 적에게 피해를 입힌다면, 해당 고유 능력의 충전 대기시간이 1초만큼 감소합니다.
*'달빛 파도' 고유 능력으로 한 명 이상의 적에게 치명적인 피해를 입힌다면, 피격된 모든 대상의 물 속성 저항력을 5%만큼 감소시킵니다.
*'달빛 파도' 고유 능력으로 세 명 이상의 적에게 치명적인 피해를 입힌다면, 피격된 모든 대상의 움직임을 10%만큼 둔화시킵니다.

이안은 달빛 파도의 충전 대기시간을 줄이기 위해 최대한 많은 적에게 스킬을 명중시켰고, 때문에 세 번의 달빛 파도를 전부 사용한 이후에도, 거의 팀 없이 두 번의 달빛 파도를 추가로 사용한 것이다.

두 번의 연쇄 폭발로 실드가 전부 벗겨진 뒤 세 번째 폭발이 일어나기 전에 다시 실드를 씌워 버렸으니.

그러한 구체적인 상황을 모르는 해설진으로서는, 그저 보호막의 무식한 실드량으로 멸망의 폭발을 버텨 냈다고 생각할 수밖에 없었다.

-역시 정령왕의 고유 능력입니다……!
-찰리스의 광역기를 그대로 흡수해 버렸어요!
-피해가 아예 없는 것은 아니지만, 놀랍습니다!

그리고 이안의 활약은 거기서 끝이 아니었다.

-대지의 정령왕 트로웰의 고유 능력, '대지의 환원'이 발동합니다.
-정령 마력으로 인한 피해를 입은 모든 대상에게, 강력한 대지 속성의 폭발이 일어납니다.

펑-퍼퍼펑-!

-기계 괴수 '파코스'를 성공적으로 처치하셨습니다!
-기계 괴수 '토르탁스'를 성공적으로 처치하셨습니다!
-기계 괴수 '라차르트'를 성공적으로 처치하셨습니다!
……중략……

'달빛 파도'로 인해 정령 마력 피해를 광범위하게 묻힌 이안이 해당 조건부와 연계되는 트로웰의 고유 능력, '대지의 환원'을 발동시켰으니 말이다.

-처치된 대상의 생명력이 처치된 숫자에 비례하여 대지의 힘으로 환원됩니다.
-대지의 정령왕 '트로웰'의 마법 공격력이 15분 동안 85%만큼 강화됩니다.
-대지의 정령왕 '트로웰'의 물리 공격력이 15분 동안 85%만큼 강화됩니다.
-대지의 정령왕 '트로웰'의 생명력이 15분 동안 47%만큼 증가합니다.

-이안의 역공입니다!
-기계 괴수들이 순식간에 녹아 버렸습니다!
-이렇게 깔끔하게 대지의 환원을 곧바로 연계하다니요!
-역시 명불허전, 이안!

치명적인 피해를 입을 뻔한 위기를 완전히 반전시키는 이안의 플레이에 해설진은 저도 모르게 혀를 내둘렀다.

보호막이야 어떤 메커니즘으로 발동하는지 해설진이 알 방법이 없었지만, 트로웰의 고유 능력인 '대지의 환원'은 이미 많이 알려진 스킬이었으니 말이다.

이안이 없을 때에도 트로웰 혼자서 전장에서 계속 사용하던 고유 능력이었으니, 해설진에게 이 고유 능력에 대한 정보가 없을 리 없었다.

—대지의 환원으로 처치한 기계 괴수가 못해도 열 기는 되는 것 같은데요?

—글쎄요. 세어 보지는 않았지만, 저는 스무 기도 넘는 것 같습니다.

—그 정도나 될까요, 하인스 님?

대지의 환원은 재사용 대기시간이 무척이나 긴 고유 능력이며, 그 긴 대기시간을 생각하면 위력도 그리 대단하지는 않은 고유 능력이다.

하지만 이 대지의 환원의 무서운 점은 '적 처치 시'라는 조건부가 발동했을 때 나오는 것인데, 처치된 적의 숫자에 비례하여 트로웰의 전투력이 무지막지하게 강력해지니.

이것으로 강화된 트로웰이 사용할 다음 고유 능력들이 배 이상 위협적으로 변하는 것이다.

-트로웰의 AI가 사용할 때에는, 5~7스텍 정도가 최대치였던 것 같은데…….

-보통 3스텍 정도 아니었나요?

-그러게 말입니다. 역시 이안이라고 해야 하나요? 대지의 환원 버프를 20스텍 이상 중첩시키다니……. 이건 뭐 할 말이 없네요.

대지의 환원을 최고 효율로 발동시키기 위해서는 스킬의 발동 범위 내에 생명력이 부족한 적들을 최대한 많이 밀어 넣어야 한다.

게다가 이미 정령 마력 피해를 입은 대상이어야만 한다는 조건까지 있었으며, 피해를 입은 대상이 처치되어야만 버프 스택이 쌓이니, 여간 까다로운 조건이 아닌 것이다.

그리고 이안의 이번 플레이로 해설진은 그의 의중을 한 가지 예측할 수 있었다.

-여튼 이안은 대지의 환원을 두세 번 중첩시켜야 쌓을 수 있는 버프량을 한 번에 쌓아 버렸군요.

-이러면 다음 텀이나 그 다음 텀 정도에, 트로웰의 화력이 최대치에 달하겠습니다.

-이안은 그 시점에, 최대한 승부를 보려고 할 확률이 높겠군요.

-마족 진영 랭커들은 긴장해야겠습니다. 트로웰의 고유 능력들이 대부분 광역기거든요.

대지의 환원 버프를 최대치로 쌓아 트로웰의 전투력을 증폭시킨 시점에서, 폭풍처럼 몰아붙여 기계 병력을 몰살시키려는 것으로 예상한 것이다.

긴 시간 동안 카일란을 해설해 오면서 해설진에게도 날카로운 통찰력이 생긴 것.

하지만 그러한 그들의 예상은 절반 정도만 맞는 것이었다.

'물, 마공 80%라…… 예상은 했지만 대박이군.'

해설진의 생각처럼 이안은 트로웰의 버프를 최대한 중첩시킬 수 있는 그 시점을 노리는 것이 맞았다.

대지의 환원을 재사용 대기시간마다 완벽하게 사용하면, 최대 세 번까지 중첩시킬 수 있었으니 말이다.

그 시점에 트로웰의 고유 능력들을 난사하면, 확실히 많은 기계문명의 병력을 제거할 수 있는 것.

하지만 이안의 계획은 거기서 끝이 아니었다.

'후후, 트로웰의 전투력이 최대치까지 뻥튀기된 시점에, 수호령을 소환해서 빙의해야겠어. 아주 볼만하겠군.'

수호령을 한 번 소환해 봄으로서, 이 고유 능력과 연계하여 최고 효율을 뽑아낼 계획을 가지고 있었으니 말이다.

'권능의 수호령이 버프로 뻥튀기 된 스텟까지 받는다는 건…… 아무도 예상하지 못하겠지.'

트로웰의 고유 능력인 '권능의 수호령地'.

이 고유 능력으로 소환된 수호령은 해당 고유 능력을 발동시키는 시점의 트로웰 전투 능력에 비례하여 전투 능력이 책정되도록 되어 있고, 이안은 한 번의 소환을 통해 그러한 사실을 깨달았던 것이다.

'순식간에 끝내 주지, 찰리스.'

멀찍이 찰리스와 눈이 마주친 이안이 씨익 웃으며 그를 노려보았다.

트로웰의 버프가 최대치까지 중첩되는 순간, 이안은 찰리스를 암살(?)해 버릴 생각이었다.

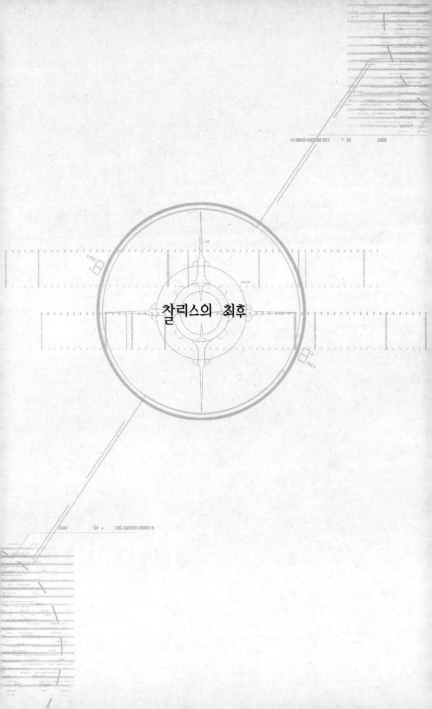

찰리스의 최후

Taming Master

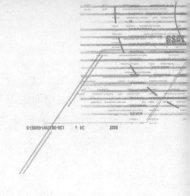

　카일란의 에픽 퀘스트는 평범한 유저들은 1년에 한 번 만나 보기도 힘든 희귀한 퀘스트다.

　메인 시나리오의 가장 큰 줄기와 연결되어 있는 퀘스트가 에픽 퀘스트들이었으니, 콘텐츠 진행도가 높지 않다면 만날 가능성이 희박해질 수밖에 없는 것이다.

　그래서 에픽 퀘스트에는 '귀족 퀘스트'라는 별명이 붙는다.

　최상위권 랭커들이 아니라면 만나기조차 힘든 퀘스트.

　게다가 해당 에픽 퀘스트와 관련된 시나리오를 가장 많이 진행한 유저는 사실상 시나리오의 주인공이 되어 어마어마한 보상을 얻게 되니, '귀족 퀘스트'라는 별명이 붙을 만한 것이다.

하지만 그럼에도 불구하고 에픽 퀘스트 시스템에 대해, 불만을 갖는 초보 유저는 아무도 없었다.

그리고 그 이유는 어렵지 않았다.

-메인 시나리오의 진행도가 올라가 연계된 퀘스트의 보상이 강화됩니다.

-보유 중인 퀘스트, '정령의 친구'의 보상이 강화되었습니다.

-보유 중인 퀘스트, '위기의 정령 노아스'의 보상이 대폭 강화되었습니다.

……후략…….

랭커 유저가 메인 시나리오와 관련된 에픽 퀘스트를 진척해 가면, 해당 퀘스트와 연관된 모든 퀘스트의 보상이 상향 조정되는, 재밌고 특별한 시스템이 존재했던 것이다.

그 때문에 에픽 퀘스트를 구경도 하지 못한 다른 유저들도, 자신의 퀘스트와 연관된 에픽 퀘스트를 진행하는 랭커를 발견한다면, 그를 응원하면서 같이 게임을 즐길 수 있는 구조였다.

-크, 역시 이안갓……!

-아자……! 오늘을 위해 존버한 보람이 있군.

-님은 무슨 퀘임?

-저 요새 공략 퀘인데. 지금 일부러 보상 안 받고 있음.

-오, 부럽네요. 그 정도면 연관도 최상일 것 같은데.

-맞아요. 아마 오늘 전쟁만 이기면, 보상 최소 2배는 펌핑될 듯.

-크으······!

그리고 또 한 가지 재밌는 점은 메인 에픽 퀘스트의 진행에 따라 연계 퀘스트의 구도가 달라진다는 점이다.

유저가 진행 중인 연계 퀘스트가 시나리오의 진행에 따라, 더 이상 유효하지 않은 퀘스트가 되어 버리는 경우가 발생하는 것이다.

이 경우 아직 클리어하지 않은 모든 연계 퀘스트가 클리어 처리되며 미수령 보상의 80% 수준이 일괄 지급되니, 이 또한 일반 유저들에게 꿀 같은 시스템이라고 할 수 있었다.

-제발, 찰리스 좀 잡아줘. 제발······!

-ㅋㅋㅋ윗님 퀘 막히셨음?

-ㅅㅂ 예리하네.

-뭐에서 막혔는데요?

-군단 대대장 잡는 퀘스트요.

-······님, 빡고수임?

-아뇨. 고수가 아니니까 이러고 있죠.

-·······.

물론 이안 본인은 이런 사이드 이펙트(?)에 대해 아무런 생각 없이 퀘스트를 진행 중었지만.

　어찌 되었든 수많은 유저들의 관심과 염원(?) 속에서 싸우고 있는 셈인 것이다.

　-친구랑 같이 다른 퀘스트 하다가 운 좋게 얻어걸렸는데…… 깰 수는 없고 보상은 아까워서, 아직도 포기를 못 했어요. 제 실력으로 깨려면, 최소 반년은 더 존버 해야 할 듯.

　-ㅋㅋ대박.

　-오늘 정령계가 이기기라도 하면 제대로 떡상하시겠네요.

　-뭐, 일단…… 영웅 등급 초월 장비 두 피스는 확정임요.

　-미친…… 부럽다…….

　-제 세 달 치 월급 그냥 주워 가시겠네요.

　-대박…….

　-그러니까 제바알……!

　그리고 그런 유저들의 염원에 힘입어, 이안이 찰리스를 잡기 위한 마지막 설계가 성공적으로 마무리 단계에 들어가고 있었다.

　띠링-!

　-대지의 정령왕 트로웰의 고유 능력, '대지의 환원'이 발동합니다.

-정령 마력으로 인한 피해를 입은 모든 대상에게, 강력한 대지 속성의 폭발이 일어납니다.

퍼펑-콰아앙-!

-기계 괴수 '리그라트'를 성공적으로 처치하셨습니다!
-기계 괴수 '토툰'을 성공적으로 처치하셨습니다!
......중략......
-처치된 대상의 생명력이 처치된 숫자에 비례하여 대지의 힘으로 환원됩니다.
-대지의 정령왕 '트로웰'의 마법 공격력이, 15분 동안 78%만큼 강화됩니다.
-대지의 정령왕 '트로웰'의 물리 공격력이, 15분 동안 78%만큼 강화됩니다.
-대지의 정령왕 '트로웰'의 생명력이 15분 동안 43%만큼 증가합니다.
......후략......

전장의 판도는 무척이나 팽팽했다.
이안과 정령왕을 위시한 정령계 진영이 몰아붙이는가 싶다가도.

찰리스의 강력한 광역 공격과 군단장들의 위력적인 고유 능력들이 터지면, 다시 또 수많은 정령들이 소멸되어 버렸으니 말이다.

정령계를 응원하는 입장에서도, 반대로 기계문명을 응원하는 입장에서도, 손에 땀을 쥐며 지켜볼 수밖에 없는 상황.

그리고 이렇게 팽팽한 전황이 유지되던 중 정령계에 첫 번째 위기가 찾아왔다.

—아, 탐욕의 군단장 타카루트! 타카루트의 고유 능력이 터졌습니다!
—이건 생각도 못 했어요! 결정적인 순간에 광역 침묵이라니요!

카일란에서 '침묵' 상태 이상은, 상태 이상의 지속 시간 동안 어떤 고유 능력도 사용하지 못하게 만드는 것이었다.

그리고 이러한 상태 이상은 면역 실드가 아닌 이상, 실드로도 막을 수 없는 것이었기에.

엘리샤의 실드가 타이밍에 맞춰 들어왔음에도 불구하고, 이안을 비롯한 범위 내의 모든 유저들이 침묵 상태에 빠진 것이다.

—아, 정령계 진영이 제대로 한 방 먹었어요!
—해제 포션이 있는 유저들이라도 빠르게 침묵을 풀어야 해요!

이런 대규모 전장에서 광역 침묵의 위력은 어지간한 광역 공격기보다 크리티컬한 것이었다.

잠깐 동안이라고는 하지만 그사이 한쪽 진영은 고유 능력을 퍼부을 수 있는 데 반해, 다른 한쪽 진영은 손발이 묶여 버리니.

일방적으로 얻어맞기 십상인 것이다.

그리고 역시나 이 상황을 기다리기라도 했다는 듯, 찰리스의 대반격이 이어졌다.

-이번에야말로……! 모조리 짓밟아 주마!

거대한 발록의 형상을 한 찰리스의 로봇 주변으로, 붉은 열기가 빙글빙글 피어오르기 시작한다.

이어서 마치 쇳덩이가 달궈지기라도 하듯.

발록 형태의 철갑이, 시뻘겋게 달아오르기 시작하였다.

-찰리스의 고유 능력, '아이언 메타모포시스Iron metamorphosis'가 발동합니다.

-아이언 발록Iron Balrog의 외형이 진화합니다.

-아이언 발록의 전투력이 강화됩니다.

-아이언 발록의 모든 고유 능력의 티어가 한 단계 상승합니다.

-아이언 물리 공격력이 +30%만큼 강화됩니다.

……후략…….

아이언 메타모포시스라는 그 이름에 어울리게, 붉게 달아오른 발록의 철갑이 꾸물꾸물 변형되기 시작했다.

그와 함께 찰리스를 태운 발록의 덩치도, 더욱 거대하게 부풀어 올랐다.

–아……! 찰리스의 발록에게 메타모포시스 능력이 있었던가요.

–완전히 처음 보는 고유 능력입니다!

–메타모포시스가 발동했으니, 이제 연계기가 나올 차례겠지요!

메타모포시스는, 보통 일정 시간 동안 외형이 변형되는 유의 고유 능력에 붙는 수식어이다.

그리고 보통 메타모포시스 수식이 붙은 고유 능력들은 최상위 티어의 고유 능력인 경우가 많았다.

메타모포시스 이후에는 다른 고유 능력들까지 전부 다 진화되는 경우가 많았으니, 다이나믹하게 전투력이 상승되는 것이다.

그 때문에 찰리스의 메타모포시스를 지켜보는 모든 유저들과 시청자들은, 저도 모르게 마른침을 꿀꺽 삼킬 수밖에 없었다.

–미친! 저 상태로 멸망의 폭발이라도 쓰면……!

–와 씨, 이번에 끝나는 거 아니야?

-아, 안 되는데……!

그리고 해설진과 시청자들의 예상대로.

메타모포시스를 끝낸 찰리스는 곧바로 강력한 공격기를 발동시켰다.

멸망의 폭발보다 파괴력 자체는 조금 떨어지지만, 훨씬 더 넓은 범위를 타격할 수 있는 최강의 광역 기술.

'멸망의 포화'를 발동시킨 것이다.

-찰리스의 고유 능력, '멸망의 포화'가 발동합니다.

콰쾅-콰콰콰쾅-!

발록의 주변으로 번져 나온 시뻘건 기류들이 강렬히 회오리치며, 제각각 붉은 포탄이 되어, 정령계 진영 전체를 타격하기 시작한 것.

퍼펑-퍼퍼펑-!

사실 이 기술은 평소 같은 상황이었다면, 그렇게 강력한 위력을 내기 힘든 기술이었다.

범위가 말도 안 되게 넓은 대신, 위력 자체는 평범한 수준이었으니 말이다.

최상급의 정령만 수백 기 이상 모여 있는 지금의 정령계 전력이라면, 충분히 방어 기술로 막아 낼 수 있을 수준의 위력인 것.

하지만 이번에는 이야기가 달랐다.

"실드! 실드 없어?"

"해제 포션 빨았으면 일단 힐부터 하라고!"

광역 침묵이 터져 일시적으로 거의 모든 고유 능력이 차단된 상황에서 포화가 떨어져 내렸으니, 아무런 대비 없이 고스란히 그 폭발을 전부 받아 내야 했던 것이다.

콰콰쾅—!

그리고 전장의 상부에서 찍은 그 광경은 그야말로 장관이라 할 수 있었다.

–노, 녹는다, 녹아……!

–와 씨, 상급 정령도 살살 녹아 버리네.

–망했다……! 싹 다 죽어 버리겠어!

–이안은 버텨야 하는데……!

고막을 울리는 커다란 폭발음과 함께, 그에 걸맞은 시뻘겋고 화려한 이펙트가 전장을 뒤덮는다.

거기에 폭발로 인한 연기까지 자욱하게 피어오르자, 전장은 아수라장이 되어 버렸다.

–아, 아무것도 볼 수가 없습니다!

-전장이 온통 폭발의 연기로 뒤덮였어요!

-정령계 진영의 피해량을 가늠할 수가 없습니다!

찰리스의 주변에 피어올라, 미친 듯이 전장으로 쏟아지는 붉은 폭격들.

찰리스는 거의 10초가 넘도록 계속해서 포화를 쏟아 내었고, 그 포화가 끝나자 일시적으로 전장은 고요해졌다.

앞이 보이지 않을 정도로 자욱해진 연기 때문에, 순간 거의 모든 교전이 멈춰 버린 것이다.

그런 상황 속에서.

꿀꺽-.

해설진의 침 삼키는 소리가, 그대로 시청자들의 귀에 울려 퍼졌다.

순간적으로 전장 전체가 너무도 조용해졌기 때문에, 침 넘기는 소리마저 적나라하게 전파를 타고 울려 퍼진 것이다.

그리고 지금 이 순간, 인간 진영을 응원하는 모든 유저들과 팬들의 시선은 화면 속에서 누군가를 찾고 있었다.

-이안 어디 있지?

-이안 찾으신 분?

-아, 설마 여기서 끝나는 건 아니겠지……?

찰리스에게 크리티컬한 타격을 입은 이 절체절명의 위기의 순간에서, 정령계의 진영을 이끌어 줄 수 있는, 유일한 존재이자 유저인 한 사람.

'이안'이 어떻게 되었는지, 그것부터 확인해야 했으니 말이었다.

─아, 이 긴 전쟁이 결국 기계문명의 승리로 끝나는 것일까요?
─역시 찰리스라는 벽은 유저의 힘으로 넘기 힘든 벽이었을까요!

사실 기계문명이든 정령계 진영이든.

해설진의 입장에서는, 어느 한 곳을 응원할 이유가 전혀 없었다.

양쪽 모두 수많은 유저들이 포함된 진영이었으니, 어느 한쪽에서 해설할 이유는 없었던 것이다.

하지만 인간의 심리가 항상 그렇듯.

항상 불리한 쪽을 응원하게 되는 것.

하여 이렇게 정령계의 위기 상황이 되자, 해설진마저도 이안을 찾게 되었고.

연기가 흩어지는 동안에도 이안이 나타나지 않자, 아쉬운 목소리가 될 수밖에 없었다.

─이안이 보이지 않습니다!

-그리고 이안이 여기서 아웃되었다면, 이대로 전쟁은 끝이라 봐도 무방하겠지요.

하지만 그런 힘없는 분위기도 잠시.

-잠깐……!
-왜 그러시죠, 하인스 님?
-저기 저쪽 보세요!
-예? 저쪽은 기계문명의 진영……?

이안을 찾던 해설진과 시청자들은, 순간적으로 두 눈을 휘둥그레 뜰 수밖에 없었다.

-아니, 저기서 대체 어떻게……?

눈길조차 주지 않고 있던 기계문명의 진영 한복판에서, 거대한 청록빛의 그림자가 갑작스레 나타났으니 말이다.
최후의 전쟁이 열리자마자 이안의 손에서 만들어졌던, 트로웰의 강력한 고유 능력이자 이안의 분신, 수호령.

-……!

처음보다 더욱 거대한 몸집으로, 전장에 강림한 권능의 수호령이, 찰리스를 향해 거대한 창을 내려치고 있었던 것이다.

광역 침묵이 터지자마자 해설진이 언급했던 아이템인 해제 포션.

침묵뿐만 아니라 모든 상태 이상을 단번에 풀어 주는 이 해제 포션은 사실 그렇게 간단하게 사용할 수 있는 물건이 아니었다.

해제 포션의 등급에 따라, 해제 가능한 상태 이상의 범위가 달라지기 때문이었다.

일반적으로 많은 유저들이 사용하는 해제 포션은 가장 기본적인 디버프만을 풀어 주는 포션이었고.

지금 정령계 진영을 뒤덮은 광역 침묵을 풀 수 있는 해제 포션은 최소 3단계 이상의 고급 해제 포션이었으니 말이다.

일반적인 상점에서는 구입하는 것 자체도 불가능할뿐더러, 최상급의 사제 클래스가 아니라면 제작하기 힘든 고급 잡화 아이템.

당연히 가격 또한 어지간한 장비 아이템 수준으로 비쌌기 때문에, 모든 유저가 이 고급 해제 포션을 상비하고 다니는 것은 아니었다.

그것이 정령계 진영에 크리티컬한 대미지가 들어간 이유

이고 말이다.

하지만 그렇다고 해서, 이안의 인벤토리에 해제 포션이 없을 리는 없었다.

항상 최상급의 던전, 퀘스트를 진행하는 이안으로서는 여벌의 목숨과도 같은 것이었으니 말이다.

다만 이안은 해제 포션을 쓸 필요가 없었을 뿐이었다.

대지의 수호령이 발동된 순간, 이안은 '무적' 상태가 되었으니 말이다.

*수호령을 통제하는 동안 소환술사는 움직일 수 없으며, 대신 '무적' 상태가 됩니다.(움직일 수 없는 상태에서도, 움직임이 필요 없는 종류의 고유 능력들은 발동 가능합니다.)

사실 이안이, 타카루트의 광역 침묵을 예상하고 수호령을 발동시킨 것은 아니었다.

타카루트의 광역 침묵 고유 능력은 이전에 한 번도 수면 위로 떠오른 적이 없던 숨겨진 능력이었으니 말이다.

그렇다면 반대로, 이안이 수호령의 '무적' 효과로 침묵 효과를 무효화시킨 것이 우연일까?

그 또한 당연히 아니었다.

타카루트의 광역 침묵은 랭커들조차 반응하기 힘들 정도로 짧은 텀을 가진 즉발에 가까운 기술이었는데.

우연으로 이것을 무효화시킨다는 것은 불가능에 가까운 일이었으니 말이다.

다만 이안은 광역 침묵이 터질 것이라고는 예상치 못했지만 그에 준하는 어떤 강력한 고유기가 곧 발동될 것임을 짐작하고 있었고.

그 때문에 대지의 환원 버프를 최대치까지 쌓은 시점부터, 계속해서 수호령을 소환할 타이밍을 재고 있었던 것이다.

찰리스나 군단장이 강력한 공격 기술을 사용하면 그것을 무적 효과로 무효화시키면서, 역공을 할 준비를 하고 있었던 것이다.

어쨌든 그러한 이유로, 이안은 침묵에 아무런 영향을 받지 않고 계획했던 역공을 감행할 수 있었다.

심지어 찰리스가 쏟아부은 멸망의 포화 덕분에, 더 쉽게 찰리스의 지근거리까지 접근할 수 있었고 말이다.

포화로 인한 자욱한 연기.

그리고 더욱 복잡해진 난전 속에서, 이안은 깔끔하게 찰리스의 후방을 점할 수 있었다.

─강렬한 마력이 온몸을 지배하는군. 이 정도로 강력한 마력은 처음이야.

처음 전장에 나타났을 때보다 더 거대해진 권능의 수호령은, 묵직한 목소리로 중얼거리며 이안의 컨트롤에 따라 움직였다.

쿵-쿵-쐐애액-!

이어서 포화를 쏟아 보낸 뒤 방심하고 있는 찰리스의 등 뒤에, 그대로 삼지창을 꽂아 넣었다.

콰아앙-!

-'권능의 수호령'이 '찰리스의 기계 발록'에게 치명적인 피해를 입혔습니다!

-'기계 발록'의 내구도가 2,172,991만큼 감소합니다!

처음 전장에 소환되었던 수호령의 창격은 대략 100~150만 정도의 대미지를 보여 주었다.

그 때문에 210만 정도의 피해량은 중첩된 버프량에 비해 대단해 보이지 않을 수 있다.

대지의 환원 버프가 몇 배로 중첩되었음에도 불구하고, 파괴력은 30% 정도밖에 늘어나지 않은 것으로 보이니 말이다.

하지만 어쩐 일인지 이안은 눈앞에 떠오른 210만이라는 숫자를 보고 적잖이 놀라고 있었다.

'미친, 210만이라고?'

그리고 그 이유는 간단했다.

150만이라는 대미지는 평범한(?) 기계 괴수들을 쳤을 때의 이야기였고, 지금 이안의 눈앞에 떠오른 대미지는 무려 찰리스를 타격하여 만들어 낸 대미지였으니 말이다.

어지간한 공격에는 흠집조차 나지 않는, 강력한 방어력을 자랑하는 찰리스의 기계 발록.

이 기계 발록에게 평타 한 방으로 200만이라는 대미지를 꽂아 넣었다는 것은, 완전히 다른 차원의 문제라고 할 수 있었다.

'예상했던 것보다 더 무식한 괴물이 탄생했군.'

이 와중에 200만이라는 피해를 입었음에도 불구하고 생명력이 5% 정도밖에 깎이지 않은 찰리스의 맷집은 감탄스러웠지만, 그래도 상황은 무척이나 희망적이었다.

200만의 대미지에 생명력이 5% 깎였다면, 스무 번 때려서 잡으면 그만이었으니 말이다.

그리고 지금 이 상황에서 가장 놀란 것은, 이안도 해설진도 아닌 바로 찰리스였다.

-크허어어억⋯⋯!

전장을 붉게 물들인 포화에 감탄하고 있던 와중에, 뒤통수가 얼얼할 정도로 강력한 창격을 후려 맞았으니, 이게 대체 무슨 상황인지, 곧바로 파악조차 힘들었던 것이다.

쿠쿵-그그극-!

심지어 볼썽사납게 바닥을 구르느라, 하얗게 윤기 나던 외장갑이 전부 먼지로 뒤덮였으니, 찰리스의 얼굴은 와락 일그러질 수밖에 없었다.

-가, 감히⋯⋯!

하지만 찰리스의 그러한 분노는 거기서 더 이어질 수 없었다.

이안이 조종하는 수호령은 고작 한 번의 공격을 위해 설계된 것이 아니었으니 말이다.

쐐애액-!

청록빛 창대를 크게 휘저으며 달려든 이안의 수호령은, 바닥에 쓰러진 찰리스의 기계 발록을 향해 연속해서 세 번의 창격을 추가로 박아 넣었다.

콰쾅-파아앙-!

콰드득-!

-'권능의 수호령'이 '찰리스의 기계 발록'에게 치명적인 피해를 입혔습니다!

-'기계 발록'의 내구도가 1,279,153만큼 감소합니다!

-'기계 발록'의 내구도가 1,753,245만큼 감소합니다!

-'기계 발록'의 내구도가 1,637,752만큼 감소합니다!

무지막지하게 강력한 위력을 가진 대신, 확실히 움직임 자체는 느린 수호령.

하지만 그런 수호령의 스텟 구조에 완벽히 적응한 이안은, 깔끔하게 세 번의 추가 타격을 집어넣을 수 있었다.

느린 대신 긴 사정거리와 묵직한 창대의 무게를 이용하여,

바닥에서 일어나려는 찰리스가 피할 수 없도록 교묘한 각도로 공격한 것이다.

마치 대전 격투 게임에서 연계 기술을 집어넣듯, 이안의 공격은 무척이나 깔끔하였다.

쿠웅—!

하여 생각지도 못했던 이안의 반격에 해설진을 비롯한 시청자들은 흥분하였고.

—이안! 이안의 반격입니다!
—역시 이렇게 허무하게 끝날 리가 없죠!

아수라장이 되었던 정령계 진영의 유저들도, 다시 전열을 가다듬기 시작하였다.

"이안이 찰리스를 마킹하는 동안, 최대한 피해를 복구해!"

"훈이! 레미르 누나! 둘이 타카루트를 막아!"

"알겠어, 헤르스."

"유신, 너는 나랑 같이 길을 한번 뚫어 보자."

"오케이!"

수많은 경험을 바탕으로 노련하게 오더를 내리는 헤르스를 위시하여, 빠르게 전장을 휘어잡는 로터스.

그런 로터스의 분위기 전환에 힘입은 것인지, 다른 길드의 파티들도 일사불란하게 움직이기 시작하였다.

-다시 전세는 원점으로 돌아왔습니다!

-아직 원점이라고 하기에는, 정령계 진영의 피해가 너무 막심하지 않은가요?

-물론 그렇기는 합니다만, 이런 전쟁 콘텐츠의 승패를 가르는 것은 항상 기세죠.

-아, 그 또한 일리 있는 말씀이시네요.

그리고 그렇게 분위기가 반전되는 동안.

이안과 찰리스.

정확히는 수호령과 찰리스의 본격적인 전투가 시작되고 있었다.

후우웅-!

바닥에서 일어나 다시 균형을 잡은 찰리스의 기계 발록이, 이안에게 반격을 시작한 것이다.

-그런 하찮은 망령 따위로 나를 어찌할 수 있으리라 생각하는가!

쿠구구궁-!

하여 다시 시청자들의 관심은 이 전투에 쏠리기 시작하였다.

전체적인 분위기가 어떻게 흘러가든, 전장의 모든 구도는 이안과 찰리스의 전투를 중심으로 만들어질 수밖에 없으며.

결국 둘의 싸움에서 누가 이기느냐가, 이 전쟁의 승패를 좌우할 테니 말이었다.

그리고 그런 관심에 부응이라도 하듯, 수호령의 창대가 다시 묵직하게 움직이기 시작하였다.

수호령의 장점이 무식한 전투 스텟과 파괴력이라면, 가장 큰 단점은 커다란 몸집과 둔중함이다.

그리고 그러한 사실을 잘 알기 때문에, 이안은 찰리스를 미친 듯이 몰아붙였다.

혼란을 틈타 좁혀 놓은 거리를, 다시 벌어지도록 찰리스에게 기회를 준다면, 싸움은 훨씬 더 어려워질 것임이 자명했으니 말이다.

온갖 광역기와 원거리 타격 기술을 가진 기계 발록과 달리 이안의 수호령이 할 수 있는 것은 오로지 육탄전뿐.

게다가 기계 발록은 덩치에 비해 제법 빠른 편이었으니, 한번 거리를 벌려 주면 상대하기 무척이나 까다로워질 수밖에 없었다.

'가능한 이번 기회에 마침표를 찍어야 해. 죽이는 게 불가능하다면, 최소 확실한 승기라도 잡아야겠지.'

하여 이안의 컨트롤은 그 어느 때보다 신중했다.

이안의 평소 전투 스타일과 달리 느리고 육중한 움직임으로 찰리스를 제압해야 하다 보니, 공방 한 번 한 번에 더 많은 공이 들어가는 것이다.

'다 피할 생각은 하면 안 돼. 맞아 줄 건 맞아 주고, 최대한 효율적으로 대미지 교환만 되면 성공이야.'

그리고 그렇게 신중한 이안의 컨트롤 덕분에, 찰리스와 수호령의 전투는 더욱 흥미진진해졌다.

퍼어엉-!

찰리스의 폭발 공격에 어느 정도 피해를 입으면서도, 수호령의 창격이 연달아 기계 발록을 타격하는 데 성공하고 있었으니 말이다.

평소에 이안이 보여 주던 속도감 있는 '컨트롤과는 거리가 좀 있었지만.

반대로 초보 유저들의 눈에도 공수 교환이 한눈에 다 보이는 싸움이다 보니, 전투 자체는 흥미로울 수밖에 없었다.

게다가 육중하고 느리다고 하여, 현란함이 없는 것도 아니었다.

이안은 찰리스와 교전하는 와중에도, 주변에서 수호령을 위협하는 다른 기계 괴수들을 완벽하게 마킹했으니 말이다.

다른 기계 괴수들의 방해 속에서도, 교묘히 찰리스에게 연쇄 공격을 성공시키는가 하면.

퍼펑-!

묵직하게 떨어져 내리는 궤적의 관성을 이용하여, 다가오던 기계 괴수들을 순식간에 휩쓸어 버렸으니 말이다.

콰쾅-.

퍼어엉-!

그리고 찰리스조차 몇백 만의 대미지를 입은 수호령의 무시무시한 창격은, 평범한 기계 괴수들이 버텨 낼 수 있는 수준이 아니었다.

-'권능의 수호령'이 기계 괴수 '타그루'에게 치명적인 피해를 입혔습니다!

-'타그루'의 내구도가 5,751,872만큼 감소합니다!

-'타그루'의 내구도가 전부 소진되었습니다!

-기계 괴수 '타그루'를 성공적으로 처치했습니다!

-기계 괴수 '키라크루'를 성공적으로 처치했습니다!

-기계 괴수 '타그루'를 성공적으로 처치했습니다!

……후략…….

회전력과 관성을 이용해 몸을 빙그르르 돌리면서, 수호령을 포위한 기계 괴수들을 깡그리 터뜨려 버린 것이다.

그리고 이쯤 되자, 찰리스도 슬슬 위기감을 느끼기 시작하였다.

-답답한 놈들! 대체 뭐 하는 거냐! 저 수호령을 먼저 공격해!

기깅-치이익-!

어느새 견고하기 그지없던 기계 발록의 외형도 여기저기

파손되어 있었으며, 생명력 게이지도 거의 절반 가깝게 줄어들었으니 말이다.

물론 이안의 수호령 또한 기계 발록에 못지않은 피해를 입었지만, 그것은 별개의 문제였다.

기계 발록이 파괴되면 전투력이 제로에 수렴하는 찰리스와 달리, 이안은 수호령 없이도 충분히 강력한 전투력을 보여 줄 수 있었으니 말이다.

그리고 그렇게 치열한 혈투 끝에.

콰쾅-그그그긍-!

절대로 부서지지 않을 것처럼 보이던 찰리스의 기계 발록이 천천히 무너져 내리기 시작하였다.

찰리스의 기계 발록과 이안이 소환한 수호령의 싸움.

이 전쟁의 결말에 가장 큰 영향을 끼칠 이 싸움은, 사실상 이안과 찰리스 둘만의 결투나 다름없었다.

기계 발록과 수호령의 주변에는 NPC나 이안의 소환수들을 제외하고는 양 진영을 막론하고 아무도 접근하지 못하고 있었으니 말이다.

그리고 이것은 어쩌면 당연한 상황이었다.

애초에 찰리스의 스펙 자체가 인간 진영의 평범한 랭커들이 건드려 볼 수 없는 수준이었으며.

반대로 두 정령왕과의 계약에 더해 정령신의 가호까지 받은 이안의 스펙 또한, 마족 랭커들로서는 감히 넘볼 수 없는 수준이었으니 말이다.

이것은 비단 이안의 스펙이 뛰어나기 때문만은 아니었다.

메인 에피소드를 클리어하고 정령의 구원자가 된 유저가 만약 이안이 아니라 다른 랭커였다고 해도, 상황은 크게 다를 것 없었을 테니 말이다.

만약 퀘스트로 인한 버프와 정령왕들의 힘을 제외한다면, 이안의 전투력도 지금의 1/4 수준밖에 되지 않을 것이었으니까.

-수호령의 전투력이 정말 엄청나군요.

-찰리스의 기계 발록을 일대일로 상대 가능한 유저가 존재하다니…….

-두 정령왕의 힘을 등에 업기는 했지만, 확실히 대단합니다, 이안……!

하지만 그렇다고 해서, 이안을 제외한 다른 유저들의 싸움이 의미 없다는 뜻은 아니었다.

두 진영 간의 전투가 한쪽으로 압도적으로 밀린다면, 그것이 이안과 찰리스의 전투력에 영향을 미칠 테니 말이다.

다른 랭커들이 치열하게 서로의 진영과 전투하며 전장의 균형을 유지해 주고 있는 것이, 이안과 찰리스의 전투가 지속될 수 있는 이유라고 할 수 있었다.

 ─이안과 두 정령왕의 힘이 찰리스를 상대하는 데 집중되니, 확실히 전체적인 전력은 다시 기계문명 쪽으로 기울어지는군요.

 ─유저들의 숫자는 정령계가 더 많지만, 아무래도 군단장들의 힘이 강력하니까요.

 ─어찌 됐든 정령계는 버텨 내야만 합니다.

 ─그렇습니다. 이안이 찰리스를 처치해 낼 때까지, 어떻게든 기계문명의 진격을 막아 내야만 해요!

 그리고 이렇게 치열한 혈투 끝에, 이안이 조종하는 수호령의 삼지창이 드디어 발록의 심장을 관통하였다.

 콰앙─!

 ─'권능의 수호령'이 '찰리스의 기계 발록'에게 치명적인 피해를 입혔습니다!

 ─'찰리스의 기계 발록'의 방어장갑이 크게 손상되었습니다!

 ─'기계 발록'의 물리 저항력이 급격하게 감소합니다.

 ─'기계 발록'의 내구도가 3,100,922만큼 감소합니다!

 ─'기계 발록'의 내구도가 10% 미만으로 떨어집니다.

 ─'기계 발록'의 코어 설비가 파괴되었습니다!

발록을 감싸고 있던 강력한 철갑이 결국 내구도가 다해 파손되었고, 그 파손된 균열 사이를 수호령의 삼지창이 정확히 찌르고 들어간 것이다.

콰득-!

이어서 찰리스의 부서진 장갑 사이로 정확히 창을 꽂아 넣은 이안은, 수호령의 양손으로 창대를 틀어 쥔 채 그대로 비틀어 버렸고.

지이잉-콰쾅-!

-'기계 발록'이 추가 피해를 입었습니다.

-'기계 발록'의 내부 설비가 파괴됩니다.

-'기계 발록'의 내구도가 671,829만큼 감소합니다!

-'기계 발록'의 내구도가 510,092만큼 감소합니다!

-'기계 발록'의 내구도가 691,102만큼 감소합니다!

……후략…….

발록의 심장에 꽂힌 채 대각선으로 비스듬히 비틀어진 창대를 밟고 뛰어, 그대로 발록의 심장에 팔꿈치를 틀어박았다.

콰쾅-!

모든 기계 괴수들에게는 '동력 장치'가 심장이나 다름없는 개념이었고, 수호령의 팔꿈치가 정확히 그곳을 가격한 것이다.

퍼엉-!

그리고 이렇게 되자, 아무리 강력한 맷집을 가진 찰리스라 해도 더 이상 버텨 낼 수는 없게 되었다.

지직-지지직-!

발록을 감싸던 전신의 장갑이 균열을 만들어 내며 부서졌고, 내부 설비가 박살 난 탓에 이제 움직이는 것조차 쉽지 않은 상태가 되었으니 말이다.

-크아아아아-!

분노한 찰리스는 포효했지만, 별다른 방법이 있을 턱이 없었다.

-수. 수호령의 삼지창이 찰리스의 심장을 뚫었습니다!

손에 땀을 쥐고 그 장면을 지켜보던 해설진은 각자 마른침을 꿀꺽 집어삼켰다.

분명히 수호령의 삼지창이 찰리스의 동력 장치를 파괴한 듯 보였지만, 아직까지 찰리스의 생명력 게이지는 미세하게 남아 있었으니 말이다.

게다가 공격에 성공한 이안의 수호령도 소멸되기 직전까지 생명력 게이지가 떨어진 상황이었으니, 마지막까지 이 전투의 결말을 확신할 수 없었다.

─수호령의 생명력도 얼마 남지 않았어요!

─이제 어떻게 되는 것일까요!

그리고 이렇게 모두가 긴장한 순간.

띠링─!

전장에 참전해 있던 모든 유저들, 그리고 옵져버를 통해
방송을 해설 중이던 모든 해설진의 눈앞에, 전쟁의 끝을 알
리는 시스템 메시지가 주르륵 떠오르기 시작하였다.

─'정령계의 구원자'에 의해 찰리스의 '기계 발록'이 파손되었습니다.

─기계군단의 전투력이 대폭 약화됩니다.

─균열의 힘이 요동치기 시작합니다.

······중략······

그리고 그 메시지들을 마지막으로.

─조건이 충족되었습니다.

─마지막 에피소드가 발동합니다.

전장에 있던 모든 유저들과 NPC들의 움직임이, 일시에
정지되었다.

에피소드의 진행과 함께, 통제권을 잃어버린 것이다.

"……!"

그리고 상황이 이쯤 되자, 유저들은 거의 확신할 수 있었다.

'됐어……!'

'해냈어!'

이 전쟁의 결말이 정령계의 승리로 끝났음을 말이다.

쿠쿠쿵-쿵-!

하여 두 주먹을 불끈 쥔 정령계의 유저들은 마음 편히 에피소드의 진행을 지켜보기 시작하였다.

모든 불빛이 잦아들어, 어두컴컴해진 전장.

그 안에서 가장 먼저 울려 퍼진 것은 트로웰의 묵직한 목소리였다.

-드디어. 억겁의 세월 동안 쌓여 온 정령계의 숙원을 풀어내었군.

그리고 트로웰의 그 목소리에 대답한 것은, 무너진 발록의 잿더미 사이에서 일어난 작은 찰리스의 그림자였다.

-재미있군. 나 찰리스에게 이런 날이 오게 될 줄이야.

강력한 권력과 기계 로봇이 없는 찰리스는 무척이나 왜소하였다.

새카만 폭발 속에 그을린 주름진 얼굴은, 한낱 평범한 노인의 그것일 뿐.

하지만 찰리스의 눈빛만큼은 아직도 무척이나 강렬하였다.

-네놈의 저주받은 힘이, 영원할 수 있을 것이라 생각하였는가?

-글쎄. 한 번도 내가 영원할 것이라는 생각을 해 본 적은 없었다.

-……?

-다만 이렇게 하찮은 인간 따위에게, 부서져 버릴 줄은 상상하지 못했을 뿐.

찰리스의 담담한 시선이, 그의 앞에 선 거대한 수호령을 향해 움직였다.

그러자 수호령의 신형은 초록빛 안개가 되어 허공에서 흩어졌고, 그 자리에 황금빛 기운으로 뒤덮인 이안의 모습이 나타났다.

그리고 그의 옆에는 새파란 빛을 뿜어내는 엘리샤가 두둥실 떠올라 있었다.

-네트라 님의 가호를 받으신, 정령계의 구원자십니다.

-후후, 그래서?

-그대의 권력이, 하찮은 인간의 손에 무너진 것은 아니라 알려드린 것뿐이지요.

-…….

엘리샤의 차분하고 낭랑한 목소리가 울려 퍼지자, 찰리스는 자조적인 표정이 되었다.

그런 그를 향해, 엘리샤가 다시 입을 열었다.

-소멸이란, 그대에게도 두려운 것이었군요.

카일란의 세계관에서 '죽음'과 '소멸'은 엄연히 다른 개념이었다.

죽은 자들의 차원계인 '명계' 또한, 결국 중간계의 하나일 뿐이니 말이다.

하여 엘리샤가 이야기한 '소멸'이라는 것은 찰리스라는 존재의 완전한 소거를 의미하는 것.

하지만 그 담담한 엘리샤의 목소리에도, 찰리스는 별다른 동요 없이 대답하였다.

-어차피 소멸 따위가 두려웠던 것은 아니다, 엘리샤.

-…….

-신들의 섭리를 거역한 나의 결말은 결국 소멸일 것이라 생각하고 있었으니까.

-그래. 그대는 결국 인간이었죠.

'신들의 섭리를 거역하였다'는 찰리스의 이야기는 무척이나 복합적인 것이었다.

그가 거역한 신들의 섭리는 한두 가지가 아니었으니 말이다.

다만 찰리스가 저지른 다른 모든 죄악을 전부 제하더라도.

그는 이미 절대로 명계를 밟을 수 없는 한 가지 죄악을 짓고 있었다.

그것은 바로, '죽음의 섭리'를 거역한 죄.

인간으로서의 천수를 거부하고 수천 년이 넘는 세월 동안 기계문명의 힘으로 살아온 찰리스는 결국 소멸될 수밖에 없는 운명이었던 것이다.

찰리스의 말이 다시 이어졌다.

-지금 이 순간, 내가 아쉬운 것은 단 하나뿐.

-그게 뭔가?

-문명의 힘…… 그 한계를 보지 못한 것이 아쉬울 뿐이다.

-문명의 힘이 가진 한계라…….

-하지만 이제는 오히려 속이 후련하군.

-……?

-나는 여기서 소멸하지만, 나의 안배는 아직 남아 있을 테니 말이지.

-그게 무슨…….

트로웰과 대화하던 찰리스가, 비릿한 웃음을 지으며 대꾸하였다.

-언젠가 이런 날이 올지도 모른다고 생각하였거든.

-……!

-그날이 이렇게 빨리 올 줄은 몰랐지만 말이야.

찰리스의 대사가 끝나자, 황금빛으로 빛나던 이안의 신형이 그의 앞에 다가섰다.

물론 이안을 움직이는 것은 이안이 아니었다.

에피소드의 진행에 의해 이안을 통제하고 있는, 이안의 AI가 움직인 것이었다.

양손에 각각 한 자루씩의 심판대검을 늘어뜨린 이안은, 찰리스의 앞에 서 나직한 목소리로 입을 열었다.

　-그대의 안배…… 그런 것이 있다 한들, 신의 섭리를 다시 거스를 수 있을 것이라 생각하는가.

　-후후, 그것이야 세월이 다시 이야기해 주겠지.

　-그래. 헛된 망상이라도 가지고 있는 것이, '소멸'이라는 공포를 극복하는 데 조금은 도움이 될 수도 있겠지.

　우우웅-!

　이안은 양손에 들고 있던 심판 검을 높게 들어 올려, 등 뒤로 천천히 교차시켰다.

　그리고 그런 그를 지켜보던 찰리스는 지그시 두 눈을 감고 입을 열었다.

　-내게 유일한 후회가 있다면, 그것은 2년 전 네놈을 죽이지 못한 것이다.

　-그런 후회라면, 할 필요 없을 것이다. 찰리스.

　-……?

　-다시 그날로 돌아간다 한들, 달라지는 것은 없을 테니…….

　촤아악-!

　찰리스를 향해 담담히 대답한 이안은 등 뒤로 교차시켰던 두 자루의 검을 그대로 찰리스를 향해 쏟아 내었다.

　그러자 심판 검에서 뻗어 나온 시퍼런 섬광이, 찰리스의 몸을 그대로 폭사하며 지나갔다.

꽈앙-!

그리고 그것을 마지막으로.

띠링-!

중간계에 접속해 있던 모든 유저들의 눈앞에, 에피소드의 종결을 알리는 시스템 메시지가 주르륵 하고 떠올랐다.

−정령계의 구원자, '이안'이 기계문명의 지도자 '찰리스'를 처치하였습니다.

−조건이 충족되었습니다.

……중략……

−정령계와 기계문명을 잇는 모든 차원의 균열이 소멸됩니다.

−'최후의 전쟁' 에피소드가 종료됩니다.

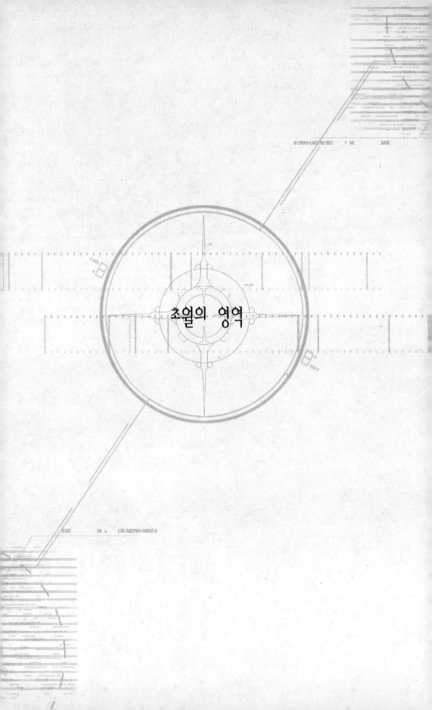

초월의 영역

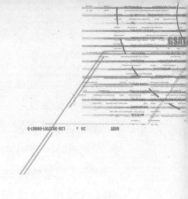

거의 몇 달에 걸쳐 이뤄진 차원 전쟁 에피소드의 대장정.

성공적으로 그 모든 퀘스트를 완수해 낸 이안은 무척이나 뿌듯하였다.

'결국 해냈어……!'

지금까지 수많은 어려운 퀘스트들을 완수해 온 이안이었지만, 그런 그에게도 이번 차원 전쟁 에피소드는 결코 쉽지 않은 대장정이었다.

애초에 에피소드 자체가 기계문명에 유리하도록 판이 짜여진 에피소드였으니 말이다.

지금 와서 돌이켜 본다면, 어디 한 곳에서 조금만 삐끗했어도 절대로 깰 수 없었던 퀘스트.

'진짜 빠듯했지.'

'쉽지 않았다'라는 것은 퀘스트 과정에서의 전투 난이도만을 이야기하는 것이 아니었다.

이안이 진행했던 퀘스트들 중, 전투 난이도가 낮았던 퀘스트는 거의 없었으니 말이다.

다만 이번 퀘스트의 경우, 중간에 퀘스트 스텝이 조금만 꼬였어도 이안이 도착하기 전에 에피소드가 끝나 버렸을 테니, 여러 측면에서 지옥 같은 난이도의 에피소드였던 것이다.

물론 언제나 그렇듯.

난이도가 어려운 만큼, 받게 되는 보상은 확실하기 그지없었지만 말이다.

띠링-!

─기계문명의 지도자 '찰리스'를 성공적으로 처치하셨습니다.

─'정령계 구원(에픽)(히든)(연계)' 퀘스트를 성공적으로 완수하셨습니다!

─클리어 등급 : SS

─명성(초월)을 50만 만큼 획득하셨습니다.

─'구원자의 망토(신화)(초월)' 장비를 획득하셨습니다.

─'구원자의 머리장식(신화)(초월)' 장비를 획득하셨습니다.

……중략……

─정령계의 모든 NPC와의 친밀도가 +15만큼 상승합니다.

─정령왕 '트로웰'과의 친밀도가 +30만큼 상승합니다.

-정령왕 '엘리샤'와의 친밀도가 +30만큼 상승합니다.

-특수한 퀘스트를 완수하여, 정령 마력과 소환 마력이 영구적으로 증가합니다.

……중략……

-'정령계의 구원자'로서 완벽에 가까운 자격을 달성하셨습니다.

-조건이 충족되어, '정령계의 구원자' 칭호가 영구적으로 유지됩니다.

-퀘스트 클리어 등급(SS)에 따라, '정령계의 구원자' 칭호의 효과가 변경됩니다.

-'정령계의 구원자' 칭호의 모든 효과가 -25%만큼 감소합니다!

……후략…….

눈앞에 떠오른 시스템 메시지들을 확인하면서, 이안은 저도 모르게 히죽 웃을 수밖에 없었다.

어지간한 보상에는 이제 별 다른 감흥도 없는 이안이었건만, 이번에 획득한 보상들은 이안으로서도 침을 질질 흘릴 만한 것들이었으니 말이다.

특히 이안이 가장 마음에 드는 보상은 '정령계의 구원자' 칭호의 효과였다.

'-25% 선에서 유지가 되다니……!'

퀘스트 한정으로 사기적인 스펙이 부여된 칭호가 바로 '정령계의 구원자'였는데, 이 칭호가 영구 보존되면서도 사 분의 일 수준밖에 능력치가 깎이지 않았으니.

이것은 정령술사로서 이안의 능력치를 한 단계 정도는 강화시켜 주는 수준이었던 것이다.

'좋은 장비야 파밍으로든 경매장에서든 구할 수 있지만…… 이런 칭호는 얻을 방법이 없으니까.'

그리고 마지막으로.

보상을 확인하며 실실 웃고 있는 이안의 앞에, 트로웰과 엘리샤가 다가왔다.

—이안, 정령계의 구원자시여.

—감사합니다. 이안 님. 이안 님 덕에, 정령계가 위기를 극복할 수 있었어요.

트로웰과 엘리샤의 말에 반사적으로 대답하려던 이안은, 순간 아직 통제 상태라는 것을 깨닫고 머쓱한 표정이 될 수밖에 없었다.

'아, 아직 끝난 게 아니었지.'

그리고 그런 이안을 대신하여, 이안의 AI가 둘을 향해 다시 입을 열었다.

—두 분 정령왕께서도 고생이 많으셨습니다.

—별말씀을. 이것은 저희의 일…….

—그대들의 일임과 동시에, 제 일이기도 하지요.

—……!

—정령은 저의 오랜 벗이니까요.

—아아……!

이야기를 하던 이안과 두 정령왕의 주변으로, 새하얀 빛이 일렁이기 시작한다.

그리고 그 하얀 빛의 장막은, 무너져 내리는 균열 속에서 그들을 지켜 주었다.

쿠구궁-!

이어서 잠시 후, 어두컴컴하던 사위가 환하게 밝아지기 시작하였다.

차원의 균열이 무너지면서 뒤틀렸던 공간이 원상 복구되었고, 이안을 비롯한 모든 정령계의 인원들은 정령계의 따스한 햇살 아래로 돌아온 것이다.

-감격스런 날이로군.

-그러게요. 이 땅에 평화가 찾아올 줄이야…….

감격에 말을 잇지 못하던 엘리샤는, 찬찬히 주변을 둘러보았다.

평화를 찾은 정령계와 조우했다는 사실 자체도 감격적이었지만, 특히 그녀는 트로웰을 비롯한 다른 정령들보다도 더 감정이 벅차오를 수밖에 없었다.

그녀는 다른 정령들과 달리, 정령계의 땅 자체를 수천 년 만에 밟아 보는 상황이었으니 말이다.

-아, 그래. 이런 곳이었지. 나의 고향…….

하지만 엘리샤의 감상은 그리 오래 가지 않았다.

그녀가 개인적인 감정에 오래도록 젖어 있기엔, 너무도 많은 유저들이 에피소드가 끝나기를(?) 기다리고 있었으니 말이다.

우-우-웅-.

이안의 앞에 천천히 다가온 엘리샤가, 가녀린 두 손을 자신의 하얀 목 뒤로 넘겼다.

이어서 자신의 목에 걸려 있던, 새하얀 백색의 목걸이를 빼어 들었다.

-드디어 이 목걸이가 주인을 찾은 것 같군요.

-이 목걸이가 무엇인가요, 엘리샤 님.

-정령들의 진정한 친구. 그대를 위해 만들어진 물건…….

-……!

-이안 님이라면…… 이 목걸이의 주인이 되실 자격이 있을 것 같네요.

엘리샤는 마치 이안을 감싸 안듯, 양손을 그의 목에 둘러 목걸이를 걸어 주었다.

그리고 갑작스런 그녀의 행동에, 이안은 순간 숨이 턱 막히는 듯한 느낌을 받았다.

물론 AI의 통제하에 있는 상황이기는 했지만, 그녀의 새하얀 피부와 아름다운 얼굴이 순간적으로 코앞까지 다가오자 당황할 수밖에 없었던 것이다.

하지만 엘리샤로 인한 당황도 잠시뿐.

띠링-!

떠오른 한 줄의 시스템 메시지에, 이안의 두 눈은 다시 반짝였다.

- 정령왕 '엘리샤'의 인정을 받았습니다.
- 조건이 충족되었습니다.
- '원소의 목걸이' 아이템을 획득하셨습니다!

'원소의 목걸이……!'

정신 없이 퀘스트를 진행하느라 잠시 잊고 있었던.

하지만 결국 이 정령계에서 어떻게든 구했어야만 하는 아이템.

'원소의 목걸이'라는 이름이, 그의 눈에 번쩍 들어왔으니 말이었다.

- 이건…… 무슨 목걸이인가요?

- 저도 어떤 의미를 담은 목걸이인지는 정확히 알지 못합니다. 다만 정령들의 진정한 친구가 나타난다면, 이 목걸이의 주인이 되리라 신탁을 받았을 뿐이지요.

이안의 AI가 무슨 목걸이냐고 물어봤지만, 아이러니하게도 이안은 이 목걸이의 용도를 잘 알고 있었다.

'이제 한 피스만 더 모은다면…… 성운을 밟을 수 있겠군.'

중간자를 초월하기 위해 건너야 하는 징검다리이자, 신계로 이어진 계단이나 다름없는 성운.

그것을 밟기 위해 필요한 세 가지 아이템 중 하나가 바로, 이 원소의 목걸이었으니 말이다.

'이제 명계만 남은 건가?'

용천에서 얻을 수 있었던 용비늘 신발과, 엘리샤로부터 얻을 수 있었던 원소의 목걸이.

마지막으로 명계 어딘가에 있을 '혼령의 날개'까지 얻어 낸다면, 이제 중간계를 넘어설 수 있는 발판이 비로소 마련되는 것이다.

원소의 목걸이를 받은 뒤, 엘리샤와 몇 마디를 더 나누는 이안의 AI.

이어서 둘의 대화가 끝나자, 옆에 있던 트로웰이 낮은 목소리로 다시 입을 열었다.

-그대를 만날 수 있어서 영광이었소. 구원자시여.

-별말씀을.

-하지만 아쉽게도 이제, 나 또한 신께서 정하신 섭리를 따라야 할 시간이 온 것 같소이다.

-그게 무슨……?

-찰리스가 그랬듯 나 또한, 지금껏 신의 섭리를 거스르고 있었으니 말이오.

-……!

-트로웰 님, 설마……!

이안과 엘리샤를 향해 빙긋 웃어 보인 트로웰의 신형이,

점점 허공으로 흩어지기 시작하였다.

그리고 그의 대사를 통해, 이안은 그가 어째서 이런 말을 하는지 대략 이해할 수 있었다.

'트로웰 또한 찰리스처럼…… 죽음의 섭리를 거스르고 있었던 거였군.'

그리고 여기까지 생각이 미치자, 이안은 처음 트로웰과 계약할 때 들었던 그의 말도 이해할 수 있게 되었다.

-후후, 그렇다면 자네가 승낙하였으니, 한동안 잘 부탁하도록 하지.

-예……? 한동안……요?

-이 전쟁이 끝날 즈음, 난 이미 세상에 존재하지 않을 것이기 때문이지.

-그건 또 무슨 말이십니까?

-과거 정령계의 몰락을 막기 위해, 주제넘게 신의 흉내를 내었던 업보라고 알고 계시게나.

-……?

찰리스의 봉인에 의해 강제적으로 억겁의 세월을 살아온 엘리샤와 달리, 트로웰은 정령계의 몰락을 막기 위해 강제적으로 자신의 수명을 늘려 왔다.

그리고 그 의도가 어찌 되었든.

이것은 '신'이 만든 '죽음의 섭리'를 거역한 것.

하여 트로웰 또한, 소멸의 길을 걷는 것이다.

안타까운 표정으로 소멸되는 트로웰을 응시하는 엘리샤와, 그녀의 옆에 담담한 표정으로 선 이안.

-아, 트로웰 님…….

그리고 그런 그들의 모습을 마지막으로, 정령계의 에피소드도 완전히 종료되었다.

띠링-!

-모든 에피소드가 종료되었습니다.

-조건이 충족되었습니다.

-새로운 에피소드가 생성되었습니다.

-'정령계의 새로운 생명' 에피소드가 시작됩니다.

-'차원 전쟁'과 관련된 에피소드에 관여했던 유저들은, 참여할 수 없는 에피소드입니다.

-'기계문명 재건' 에피소드가 시작됩니다.

-'차원 전쟁' 에피소드의 관여 여부와 관계 없이, 모든 유저들이 참여할 수 있는 에피소드입니다.

……후략…….

수많은 시스템 메시지들이 다시 이안의 눈앞에 떠올랐지만, 이것들은 대부분 모든 유저들의 눈앞에 보이는 글로벌 메시지였다.

다만 한 가지.

띠링-!

마지막으로 떠오른 개인 시스템 메시지를 확인한 이안은, 저도 모르게 다시 미소 지을 수밖에 없었다.

-정령왕 '엘리샤'가 여전히 당신과 함께하길 원합니다.

-정령왕 '엘리샤'와의 계약이 정식으로 이어집니다.

트로웰과 달리 엘리샤는 이안의 곁에 남았고, 이것 또한 그 어떤 보상과 견주기 힘들 만큼 강력한 보상이었으니 말이다.

'크……! 이건 기대도 안 했는데…….'

하여 모든 에피소드가 마무리된 뒤, 이안은 그 어느 때보다 기분 좋게 정령계를 나설 수 있었다.

'이제 중간계 콘텐츠도…… 거의 끝이 보이는 건가?'

힘들었지만, 그만큼 만족스러운 보상을 얻었고, 또 다음 에피소드를 향해 어떻게 나아가야 할지, 방향성 또한 얻었으니 말이었다.

이안이 중간계에서 가장 처음 밟았던 차원계였지만, 반대로 아직까지 가장 진행도가 낮은 차원계이기도 한 명계.

그곳으로 향하기 전, 이안은 며칠 정도 정비의 시간을 가질 예정이었다.

차원 전쟁 에피소드에서 얻은 보상들을 정리할 시간도 필요했으며, 몇 가지 새로운 콘텐츠에 대한 단서들도 조사해 볼 시간이 필요했으니 말이었다.

정령계와 기계문명의 대전쟁이 막을 내리자, 중간계는 무척이나 평화로워졌다.

용천과 엘라시움 간의 전쟁도 어느 정도 소강상태가 된 데다, 명계는 언제나 전쟁과 무관한 차원계였으니.

차원계 간의 전쟁 콘텐츠들이 이제, 크게 일단락된 것이다.

물론 그렇다고 해서 유저들이 심심해진 것은(?) 아니었다.

전쟁 콘텐츠가 끝나며 그에 파생된 새로운 에피소드들이 열렸고, 그 에피소드들에 연계된 수많은 에픽 퀘스트들이 새로이 탄생했으니 말이다.

일단 정령계와 라카토리움의 경우 전쟁으로 피폐해진 차원계를 재건하기 위한 퀘스트들이 계속해서 쏟아져 나왔으며.

특히 라카토리움은 '찰리스'라는 지도자가 몰락하면서 춘추전국시대나 다름없는 상황이 되어 버렸으니, 오히려 유저들의 입장에서는 할 거리가 훨씬 더 많아진 것이다.

어느 정도 중간계에서 자리를 잡은 중상위권의 유저들은,

각자 자신에게 맞는 학파를 찾아 퀘스트를 진행하였으며.

"나 이번에 메트 학파의 용병으로 고용됐어."

"메트 학파? 거긴 또 어딘데?"

"루탄 구석에 있던 작은 학파인데, 이번에 독립했나 보더라고."

"아하."

"너도 이쪽으로 올래? 내가 추천해 줄 수 있는데."

"음, 큰 학파로 가는 게 낫지 않을까?"

"아냐. 꼭 대형 학파에 소속되는 게 좋지만은 않더라고."

"그래? 왜?"

"큰 학파일수록 대접받기도 힘들고, 경쟁이 엄청 치열하잖아."

"하긴······."

"신생 학파 퀘스트가 공헌도도 많이 주고 키워 가는 맛도 있고, 꽤 괜찮은 것 같아 나는."

"좋았어. 그럼 나도 한번 가 볼까?"

이미 기계문명의 진행도가 높은 최상위권 유저들의 경우, 찰리스의 '안배'라는 것을 찾기 위해 콘텐츠를 샅샅이 뒤지고 있었다.

전쟁 에피소드의 마지막에서 찰리스가 의미심장하게 던졌던 한마디.

-나는 여기서 소멸하지만, 나의 안배는 아직 남아 있을 테니 말이지.

-그게 무슨…….

-언젠가 이런 날이 올지도 모른다고 생각하였거든.

-……!

-그날이 이렇게 빨리 올 줄은 몰랐지만 말이야.

찰리스가 남긴 '안배'라는 이 한마디가, 랭커들에게는 엄청나게 매력적으로 다가올 수밖에 없었던 것이다.

"마스터, 찰리스가 남겼다는 그 안배를 어떻게든 찾아야만 합니다."

"찰리스의 안배라…….."

"그것을 찾아낼 수만 있다면…… 우리 크리쳐 길드에서 라카토리움에 대제국을 세울 수 있게 될지도 모르니까요."

그리고 이렇게 급변하는 중간계의 정세에도 불구하고, 며칠째 길드 거점에 틀어박혀 한 발짝도 움직이지 않는 인물도 한 명 있었으니.

그는 다름 아닌 이 상황을 만들어 낸 장본인.

바로 이안이었다.

"이 형은 대체, 거점에 틀어박혀서 뭐 하는 거야?"

훈이의 투덜거림에, 옆에 있던 카노엘이 뒷머리를 긁적이며 입을 열었다.

"벌써 이틀이나 됐는데…… 피곤해서 쉬고 있는 건 아닐까?"

"형, 이안 형이 게임하다 피곤해하는 거 본 적 있음?"

"그, 글쎄, 없는 것 같기도 하고……."

"다들 엄청 바쁘게 움직이는데, 우리만 조용하니까 뭔가 불안하네."

이어서 두 사람의 대화를 듣던 헤르스가, 피식 웃으며 대꾸하였다.

"쓸데없는 소리들 말고, 오늘 자 길드 퀘나 싹 클리어할 준비 해."

"헤르스 형, 우린 뭐 안 해?"

"뭘 해?"

"정령계 재건 퀘스트라든가…… 뭐, 그런……."

"의미 없어."

"응?"

"이번 전쟁 에피소드에서 받은 공헌도만 해도, 정령계 쪽 공헌도는 넘쳐흐르는데 무슨……."

"드디어 카일란에서도 할 게 없어지는 날이 온 건가……."

"그럴 리가."

"……?"

"훈이 너는 곧 빡세게 굴릴 거라고, 이안이가 아예 엄포를 놓던데?"

"잠깐. 헤르스 형……! 방금 그 말, 제발 못 들은 거로 하면 안 될까?"

이안이 폐관 수련(?)에 들어간 로터스 길드 거점은 며칠 동안 무척이나 조용했다.

다들 각자의 개인적인 퀘스트를 하며 정비의 시간을 갖다 보니, 거점은 조용할 수밖에 없었던 것이다.

그리고 이 조용한 거점의 한편에서, 이안은 투닥투닥 무언가를 만들어 내고 있었다.

고된 여정으로 지쳐 휴식기(?)를 가진다는 유신의 생각과 달리, 거점 구석에 틀어박힌 이안은 여느 때처럼 무척이나 바쁘게 움직이고 있었다.

"이번에는…… 무조건 성공해야 해."

에피소드 클리어로 인한 보상을 정리하고 장비와 소환수들을 재정비하는 데만 거의 하루의 시간이 걸렸던 데다, 에피소드가 끝나기만 하면 가장 하고 싶었던, 한 가지 '작업'을 시작했으니 말이었다.

'이제 레시피는 완벽하고…… 이번에도 실패하면 확실히 숙련도 부족이야.'

이안이 하고 싶었던 작업이라는 것은 다른 것이 아니었다.

정령계의 에피소드를 진행하던 도중, 덤으로 얻게 된 콘텐츠인 고대의 마수 연성술.

그리고 마족 진영의 연성술사인 '엘턴'을 돕다가(?) 얻게 된 레시피인 '고대 파괴의 발록' 레시피.

이것들을 이용해 크르르를 신화 등급의 마수로 업그레이드 시키는 것이야말로, 이안이 가장 하고 싶었던 콘텐츠였고.

그것이 벌써 며칠째 그를 길드 거점에 박혀 있게 한 이유였던 것이다.

균열에서 전투하는 와중에도 한 번씩 생각날 정도로 신화 등급의 고대 발록 연성은 매력적이었으니, 이안이 명계에 가기 전 어떻게든 연성을 해내려는 것도, 그리 이상한 일은 아니었다.

"자, 이번에야말로……!"

우우웅—!

연성에 필요한 모든 재료를 준비한 이안은 또다시 구슬땀을 흘려 가며 마법진을 그리기 시작하였다.

벌써 연성 실패만 일곱 번째.

다행히 이제까지의 관록(?)이 있어 대실패는 피할 수 있었고, 덕분에 본체인 크르르를 날려 먹는 대참사는 아직 없었지만, 그래도 마법진을 그릴 때마다 초긴장 상태가 되는 것은 어쩔 수 없었다.

협회에서 엘턴의 연성진을 그려 줄 때에는 어떻게 한 번에 성공했었는지 몰라도, 고대의 연성술 난이도는 정말 상상을 초월하는 것이었으니 말이다.

구웅- 쿠구궁-!

하지만 난이도가 어렵다고 해서, 그것이 이안을 포기하게 만들 이유는 되지 않았다.

어려우면 어려울수록 항상 확실한 리턴값이 돌아오는 것이, 카일란 콘텐츠의 특징이었으니 말이다.

고오오오-!

하여 이안은 수억에 가까운 재화를 소모하면서도 끈질기게 도전하였고.

띠링-!

그 결과, 결국 고대의 발록을 연성해 내는 데 성공하였다.

그동안의 실패를 보상하기라도 하듯 잭팟이 터지면서, 마법진의 완성도가 거의 100%에 가깝게 붙은 것이다.

-연성의 재료들이 성공적으로 감응하기 시작합니다.

-마법진의 완성도 : 99.97%

-레시피에 맞는 재료들이 융합되었습니다.

99.97이라는 마법진 완성도 수치는 어지간히 쉬운 마법진에서도 만들어 내기 힘든 것이었고, 때문에 메시지를 확인하는 이안의 두 눈은 점점 더 휘둥그레졌다.

-조건이 충족되었습니다!

-마법진이 강렬한 마기에 휩싸입니다!

-고대의 마수 연성술에 성공하셨습니다!

-'고대의 마수 연성'을 성공적으로 완료하셨습니다!

-연성 기여도 : 100%

-마수 연성 기여도에 비례하여, 마수연성술의 경험치가 증가합니다.

……중략……

-칭호 '발록 창조자'의 효과가 발동됩니다.

-연성 등급의 결과가 1티어 추가로 상승합니다.

-연성 등급 : SS

-연성 등급이 A등급 이상이므로, 마수의 등급이 한 단계 상승합니다.

-신화 등급의 마수, '고대 파괴의 발록'이 탄생했습니다.

-S등급 이상의 연성 등급을 달성하여, '마수 연성술'의 숙련도가 추
가로 15%만큼 상승합니다.

완벽에 가까운 마법진 완성도에 '발록 창조자' 칭호까지 시
너지를 내면서, 지금까지 손에 꼽을 정도로 보기 힘들었던
SS라는 연성 등급이 만들어진 것이다.

"크……!"

이안은 저도 모르게 탄성을 내질렀고, 그런 그의 반응에
대답하기라도 하듯 더욱 거대하고 늠름한 외형으로 탈바꿈
된 크르르가 이안을 향해 그르렁거렸다.

크르르르—!

스하아—!

이어서 그런 크르르와 눈이 마주친 이안은, 무척이나 감격에 겨운 표정이 되었다.

'드디어 우리 크르르도 신화 등급……!'

신화 등급 소환수들 때문에 주전(?) 자리에서 항상 밀려나던 크르르가, 이제 다시 밥값을 할 수 있게 된 것이 너무도 기뻤던 것이다.

하지만 그러한 감격도 잠시뿐.

한 가지 사실을 깨달은 이안은, 다시 멍한 표정이 될 수밖에 없었다.

—'고대 파괴의 발록(크르르)'/Lv.1(초월)

크르르를 어떻게 전투에서 써먹을 수 있을지 온갖 상상을 하고 있던 그의 눈에, 순간적으로 레벨 1이라는 글씨가 들어찼으니 말이다.

'하, 맞다…… 다시 키워야지.'

한편 그런 주인의 허탈감을 아는지 모르는지.

흡족한 표정으로 이안의 앞에 다가온 크르르가, 낮고 굵은 목소리로 입을 열었다.

신화 등급으로 진화된 덕인지, 크르르도 말을 할 수 있게 된 것이다.

─크르르…… 그대가 원하는 모든 것을 파괴하리라……!

그리고 1레벨짜리 발록의 패기에, 이안은 순간 할 말을 잃어버리고 말았다.

성운聖雲.

말 그대로 성스러운 구름이라는 뜻을 가진 이 성운은, 아직 카일란의 세계관 내에서 미지의 영역 같은 곳이었다.

중간계를 일정 수준 이상 진행한 랭커들이라면 한 번쯤 들어 보기는 했을 테지만, 그 누구도 아직 밟아 보지는 못한 영역이 바로 이 성운의 영역이었으니 말이다.

이안의 경우에도 특수한 퀘스트의 일환으로 잠깐 밟아 본 것이 전부인 이 성운.

때문에 이 성운에 대한 정보는 카일란의 커뮤니티 어디에서도 찾아볼 수 없었지만, 그 존재에 대해 알고 있는 랭커들은 어렴풋이 성운의 개념에 대해 짐작하고 있었다.

성운이라는 이름과, 해당 이름이 언급되는 퀘스트의 맥락을 대조해 봤을 때, 이것이 보다 더 상위 콘텐츠로 가기 위한 통로라는 정도는 짐작이 가능했으니 말이다.

그리고 지금 이 시점에서, 그 '짐작'을 가장 구체화시킬 수 있는 인물은 당연히 이안이었다.

그 어떤 랭커들보다도 성운에 대해 많은 단서를 가지고 있는 인물이 바로 이안이었으니 말이다.

이안이 처음 성운에 대한 단서를 얻을 수 있었던 콘텐츠는, 다름 아닌 '용천'의 메인 시나리오와 연계된 퀘스트였다.

당시 이안은 용천의 가문에 소속되어, 거신족과의 전투를 치르면서 압도적인 공헌도를 달성했었고.

그 과정에서 소속된 가문뿐 아닌 용천의 모든 가문에게 인정받아, '고대 전장의 영웅'이라는 퀘스트를 수령했었다.

그리고 이 퀘스트가 바로, 중간계의 위에 존재하는 상위 콘텐츠에 대한 최초의 단서라고 할 수 있었다.

고대 전장의 영웅 I (히든)(에픽)

당신은 거신족 연합군과의 전투에서, 경이로운 공헌도를 달성하였다. 당신의 활약으로 거신족 대군은 막대한 피해를 입었으며, 균열 바깥으로 물러나게 되었다. 물론 거신들은 머지않아 또다시 호시탐탐 침략의 기회를 엿볼 것이지만……

……중략……

하여 중천의 가문들은 당신에게 용족이 아닌 동맹 세력 최초로 '현자의 탑'에 오를 자격을 부여하였다.

성운에 있는 현자의 탑으로 가서, 그곳을 지키는 고룡 '드라키시스'를 만나자.

그리고 그가 가진 지혜를 얻는다면, 그것은 당신의 영혼이 가진 위격을 한 단계 더 높일 수 있도록 도와줄 것이다.

퀘스트 난이도 : 없음

퀘스트를 받은 지 정말 오랜 시간이 지났음에도.

아직까지 클리어할 수 없었던, 이안의 몇 안 되는 퀘스트.

사실 퀘스트의 내용 자체는 어려울 것이 없었다.

'현자의 탑'에 가서 '드라키시스'라는 NPC만 만나면 클리어되는 중간 단계의 퀘스트였으며, 까다로워 보이는 퀘스트의 조건들도 이안은 이미 충족한 상태였으니 말이다.

다만 이 현자의 탑이 성운의 어딘가에 있는 곳이라는 사실, 이 하나 때문에 아직까지도 이안이 진행하지 못한 퀘스트가 바로 고대 전장의 영웅 퀘스트였다.

특별한 신탁의 도움 없이 자력으로 성운을 밟기 위해서는, 세 가지 신물이 필요했으니 말이었다.

하지만 클리어 여부와 별개로, 이 퀘스트의 내용은 이안에한 가지 확실한 단서를 주었다.

고룡 드라키시스를 만나 그가 가진 지혜를 얻는다면, 영혼의 위격을 한 단계 높일 수 있을 것이라는 이야기.

영혼의 위격이 높아진다는 것은 중간자보다 더 고차원적인 위격을 갖게 된다는 의미였고, 이것이야말로 가장 결정적인 단서였으니 말이다.

'중간자보다 고차원적인 위격이란 신격을 의미하는 것일 테고…… 어쩌면 성운은 신계로 이어지는 통로일지도 모를 일이지.'

그리고 이러한 추측이 바로, 이안을 움직이게 한 가장 큰 동력이라고 할 수 있었다.

고룡 드라키시스를 만나는 것이 신계 콘텐츠로 가는 열쇠임을 거의 확신하고 있었으니.

현자의 탑으로 가기 위해.

성운을 밟기 위해, 필요한 마지막 열쇠인 '혼령의 날개'가, 이안에겐 가장 우선시 되는 목표일 수밖에 없는 것이다.

"그래서 지금 어디로 가는 건데, 형?"

하여 불안한 표정으로 쫄래쫄래 따라오는 훈이의 물음에, 이안은 망설임 없이 대답할 수 있었다.

"명계."

"갑자기…… 명계라고?"

"응."

모든 준비를 마친 이안이 곧바로 향한 곳은, 다름 아닌 명계였으니 말이었다.

띠링-!

-'다크 어비스Dark Abyss'에 도착하였습니다.

-망자의 땅에 입장하였습니다.

-'중간자'의 위격을 가졌습니다.

-조건이 충족되었습니다.

......후략......

음습한 기운이 도처에 깔려 있는, 채도라고는 찾아볼 수 없는 짙은 회색 빛깔의 대지.

오랜만에 명계의 땅을 밟은 이안은 살짝 들뜬 표정으로 이리저리 두리번거렸다.

'캬, 진짜 오랜만이잖아?'

지금 이안과 훈이가 도착한 '다크 어비스'는 명계에 처음 도착한 이들이 밟게 되는 초입부였다.

본격적인 명계의 콘텐츠가 시작되는 에레보스에 진입하기 전, 그러니까 비통의 강 아케론Acheron을 건너기 전의 모든 지역을 통칭하는 것이, 바로 다크 어비스였으니 말이다.

그리고 이안이 이곳에 도착하여 감상에 젖은 이유는 다른 것이 아니었다.

과거에 고작 초월 2레벨로 처음 명계의 땅을 밟았던 시절이 익숙한 풍경으로 인해 새록새록 기억났으니 말이다.

"와, 뭔가 많이 바뀌었네."

이안의 중얼거림에, 옆에 있던 훈이가 고개를 피식 웃으며 답하였다.

"당연하지. 시간이 얼마나 지났는데…… 이제 명계에서 상주하는 유저들만 만 단위가 넘을걸?"

훈이의 대답을 들은 이안은 고개를 끄덕였다.

이안은 지난 몇 개월 동안, 정말 단 한 번도 명계에 발을 디딘 적이 없었으니 말이다.

그리고 이안이 오지 않은 그 최근의 시간들이 명계에 가장 변화가 많았던 시간들이었으니, 명계가 천지개벽한 것은 너무도 당연한 것이었다.

"자, 그럼 움직여 볼까?"

"어딜 가는 건데?"

"당연히 에레보스로 가는 거지."

"그럴 거면 굳이 다크어비스로 온 이유가 뭐야? 에레보스 안에 길드 게이트로 가면 됐을 텐데."

"만나야 할 사람이 있으니까."

"음……?"

의아한 표정이 된 훈이를 뒤로하고, 이안은 길을 따라 빠르게 걷기 시작하였다.

이안과 훈이가 도착한 워프 게이트는 수많은 유저들이 사용하는 소르피스 내성부터 이어진 공용 게이트였고, 이곳에서 아케론강까지 이어진 길은 단 하나뿐이었기 때문에, 이안의 걸음걸이에는 망설임이 없었다.

하지만 그렇게 자신감 넘치게 걸음을 옮기던 것도 잠시뿐.

5분 정도가 지났을까?

이안은 다시 갸웃할 수밖에 없었다.

제대로 길을 따라 왔다고 생각했는데, 머릿속에 있던 풍경이 전혀 보이지 않았으니 말이다.

"그나저나 저쪽이 아케론강인 것 같은데…… 나루터는 왜 안 보이는거지?"

이안의 중얼거림에 훈이가 고개를 갸웃하며 되물었다.

"나루터라면…… 혹시 카론을 찾는 거야?"

"당연하지. 그 아재를 찾아야 강을 건널 거 아냐."

이어서 이안의 말을 듣던 훈이는 어이없는 표정이 되어 대꾸하였다.

"나, 참…… 누가 보면 초짜 뉴비 한 명 데려온 줄 알겠네."

"음……?"

"하루에 아케론 건너는 사람이 몇 명인데, 카론이 혼자서 그 일을 다 하겠어?"

"그, 그럼……?"

"저쪽을 한번 봐."

"웅?"

"이제 나루터가 아니라, 거의 항구나 다름없다고."

"……!"

훈이가 가리킨 방향으로 고개를 돌린 이안의 두 눈이, 휘둥그레 확대되었다.

더 이상 나룻배가 아닌 커다란 목조 선박 여러 대가, 강가에 정박해 있었으니 말이다.

'카론 이 아재…… 그새 자본주의에 물들어 버린 건가?'

작은 나룻배 한 대를 운영하며 5데스코인씩 벌던 영세업자 카론은, 이안이 다른 차원계에서 머물던 사이 기업가(?)가 되어 있었던 것이다.

'뭐, 어찌됐든 상관없겠지. 난 강만 건너면 되니까.'

하여 고개를 절레절레 저은 이안은 훈이와 함께 선박에 올라탔다.

그래도 다행히(?) 변하지 않은 것은 여전히 뱃삯이 5코인이라는 부분이었다.

띠링-!

-'카론의 선박'에 올라탔습니다.

-'데스코인'을 보유하고 있지 않으므로, 뱃삯을 차원코인으로 대체합니다.

-뱃삯 5차원코인이 차감되었습니다.

이안과 훈이가 올라타자, 잠시 후 선박은 움직이기 시작하였다.

그리고 배에 오른 이안은 다시 흥미로운 표정이 되어 있었다.

'신기한 NPC들이네.'

선박에는 사공 카론 대신, 해골 유령 같은 외모를 가진 NPC들이 유저를 안내하고 있었던 것이다.

게다가 선미에 올라서자, 이안은 또 한 번 감탄할 수밖에 없었다.

'배 성능 보소.'

이전에는 노를 저어 가며 한세월 이동해야 했던 아케론강 횡단이, 쏜살같은 목조 선박의 속력으로 인해, 순식간에 끝나 가고 있었으니 말이다.

하지만 사실 이러한 나루터의 변화는 이안의 예상처럼 카론이 자본주의에 물들었기 때문(?)이 아니었다.

다만 아케론강을 나룻배로 건너는 것의 불편함과 음산하고 공포스러운 그 분위기로 인해, 수많은 민원이 LB사의 기획팀을 두들긴 결과라고 할 수 있었던 것이다.

어쨌든 그러한 이유와는 별개로.

고성능 목조 선박 덕에, 빠르게 아케론강을 건널 수 있었던 이안과 훈이.

띠링-!

―아케론Acheron 강을 횡단하였습니다.

―에레보스Erebus에 진입하였습니다.

먼저 선박에서 내린 이안은 누군가를 찾아 고개를 두리번거렸다.

"흠, 아직 나오지 않은 건가?"

"뭘 찾는 건데?"

"만나기로 했던 사람이 있다니까?"

"그러니까 그게 누구……?"

이안에게 되묻던 훈이는 중간에 말을 멈추었다.

그가 물어보던 그 순간, 낯익은 얼굴 하나가 두 사람의 앞에 불쑥 나타났으니 말이다.

"오, 이안! 언제 도착한 거야?"

"하하, 방금 내렸어. 명계가 너무 많이 바뀌어서, 순간 잘못 찾아온 줄 알았네."

이안과 훈이의 앞에 나타난 검은 로브의 사내.

남자의 정체는 다름 아닌, 마크 올리버였다.

처음 명계가 열렸을 때.

가장 먼저 명계의 수많은 콘텐츠를 선점했던 길드는 다름 아닌 로터스였다.

그도 그럴 것이, 가장 처음 명계를 밟은 인물이 이안이었던 데다, 중간자의 위격을 얻기 전부터 에레보스를 돌아다니며 수많은 정보를 수집한 인물 또한 이안이었으니.

최상급의 전력을 가진 로터스에서 콘텐츠 선점을 못했다면, 그것이 오히려 의아한 수준이었던 것이다.

하지만 이제 와서 명계 콘텐츠의 진행도를 따져 본다면, 로터스 길드의 진행도는 무척이나 하위권이라고 할 수 있었다.

물론 '하위'라는 기준이 최상위권 길드들과 비교하였을 때이긴 했지만 말이다.

"도와줘서 고마워 올리버."

"별말씀을. 친구 사이에 이 정도쯤이야."

용천과 정령계의 콘텐츠를 독식하다시피 한 대신, 명계의 콘텐츠들은 어느 정도 포기할 수밖에 없었던 로터스.

그리고 이러한 상황이 바로, 이안이 올리버와 발러 길드에게 도움을 요청한 이유였다.

로터스가 명계에선 아직 에레보스의 세 번째 강인 플레게 톤Phlegethon도 넘지 못한 상황인 데 반해, 마크 올리버의 소속 길드인 '발러' 길드는 이미 마지막 강인 망각의 강 레테Lethe를 공략 중이었으니 말이었다.

그 때문에 옆집 친구(?)인 올리버와의 인맥을 동원하여 발러 길드의 도움을 받는다면, 이안은 자신의 목표인 '혼령의 날개'를 얻는 데까지, 훨씬 더 많은 시간을 단축시킬 수 있으리라 판단하였던 것이다.

그리고 한 가지 더.

발러 길드가 이렇게 쉽게 이안의 요청을 수락한 데에는, 이안이 미리 깔아 둔 밑밥의 효과도 분명히 존재하였다.

'흐흐, 역시 발러 길드는 기브 앤 테이크를 아는 친구들이란 말이지.'

정령계에 큰 지분이 없던 발러 길드를 차원 전쟁에 참여할 수 있도록 도와준 것이 바로 이안이었으니 말이다.

물론 이안이 에피소드 관련 퀘스트를 전부 클리어할 때까지 정령계가 버티기 위해서라도, 발러 길드의 지원군은 절실한 상황이었지만.

어쨌든 결과적으로는 이안 덕에 발러 길드에서 얻어 간 것이 훨씬 많았으니, 확실한 빚을 지워 둔 셈이었다.

그리고 그러한 사실을, 적어도 길드마스터인 '아르케인'은 확실하게 인지하고 있었다.

"덕분에 차원 전쟁 에피소드에서 꿀 빨았는데, 이 정도쯤이야 어렵지 않죠."

"후후, 그래도 마스터께서 직접 나와 주실 줄은 몰랐습니다."

"뭐 겸사겸사…… 이안 님을 따라다니면 재밌는 일도 많이 생길 것 같아서 말이죠."

하여 아르케인과 올리버를 비롯한 몇몇 길드원들과 인사를 나눈 이안은, 곧 그들을 따라 어디론가 이동하기 시작하였다.

구불구불한 에레보스의 숲길을 따라, 점점 더 음침한 곳으로 이동하는 이안과 일행들.

그리고 그렇게 20여 분 정도를 움직였을까?

발러 길드의 안내를 따라 어딘가에 도착한 이안의 두 동공이, 살짝 확대되었다.

거대한 어둠의 힘이 일렁이는 기이한 구조물이 이안의 시야에 들어왔으니 말이었다.

"자, 이쪽으로."

"이게 뭐죠……? 포털 같은 건가?"

"뭐, 비슷한 개념입니다."

"……?"

"다크 홀Dark Hole이라고, 에레보스 내에서만 사용 가능한 워프 게이트니까요."

시커멓게 솟아 있는 두 개의 거대한 바위기둥.

그 사이에 회오리치는 어둡고 음습한 안개와 기류들.

그 기괴한 외형에 잠시 마른침을 꿀꺽 삼킨 이안은, 곧 게이트의 안쪽으로 천천히 발을 디뎠다.

그리고 이안의 발이 게이트의 안쪽에 닿은 순간.

띠링-!

-다크 홀에 입장하였습니다.
-죽음의 기류에 의해, 정해진 곳으로 이동됩니다.

고오오오-!
거대한 굉음과 함께, 이안의 시야가 어두워지기 시작하였
다.

"흐음, 오늘도 결국 실패인가."

"어쩔 수 없습니다, 마스터. 일단 돌아가시지요."

"조금만 더 하면 넘어설 것도 같은데…… 이거 아쉽게 되
어 버렸군."

"무리하다가 영혼의 안식에 빠지는 것보단…… 무조건 안
전하게 움직이는 게 맞지 않겠습니까, 마스터."

"그래. 스리케스. 네 말이 맞다. 오늘은 여기까지 하자고."

잠시 보는 것만으로도 빨려 들어갈 것만 같은 착각이 드는
짙은 군청빛의, 고요하고 깊은 심연.

어두운 심연 앞에서 대화를 나누던 두 남자는, 걸음을 돌
려 물 밖으로 헤엄쳐 나왔다.

띠링-!

-망각의 강 레테Lethe의 영향력에서 벗어났습니다.
-모든 망각의 저주가 해제됩니다.
-초월 레벨이 원래대로 복구됩니다.
-모든 고유 능력의 정보가 원래대로 복구됩니다.
……후략…….

물 밖으로 빠져나와, 아쉬운 표정으로 걸음을 돌리는 두 남자.

그들의 정체는 바로, '게스토' 길드의 길드마스터인 카브리엘과 길드원 스리케스였다.

"후우, 그래도 이제 공략법은 어느 정도 감이 오는 것 같군."

"맞습니다, 마스터. 늦어도 이달 내로는 충분히 넘을 수 있을 것 같습니다."

게스토 길드는 남미권 서버에 뿌리를 두고 있는 길드로서, 최상위권 랭커 길드 중 하나였다.

비록 기사 대전에서는 칼데라스를 상대로 만나 16강전에서 탈락해 버렸지만, 길드의 전력이나 포텐은 전 세계 랭킹 10위 안에 들 정도의 강력한 길드인 것이다.

게다가 명계에 거의 모든 전력을 몰빵해 온 게스토 길드는, 명계 콘텐츠 진행 속도만큼은 칼데라스에 비견될 정도로 빨랐다.

"카이보다 먼저 레테를 건너야 하는데……."

"최대한 정보를 수집해 보겠습니다, 마스터."

"요즘 인간 진영 놈들은 잘 안 보인다 했던가?"

"인간 진영 놈들이라 해 봐야, 여기까지 진행한 길드는 발러 놈들뿐인데…… 최근에 전부 다 차원 전쟁에 참전하지 않았었습니까?"

"그랬지."

"이제 슬슬 다시 나타나기 시작하겠지요."

한쪽 진영에 크게 치중되어 있는 다른 차원계들과 달리, 명계에는 인간 진영의 유저들과 마족 진영의 유저들이 거의 반반 수준으로 공존한다.

그 때문에 명계에서는, 콘텐츠를 진행할 때 가장 많이 신경 써야 할 것이 상대 진영 전력의 움직임이었다.

"놈들이 돌아오기 전에, 어떻게든 레테를 넘는다."

"여부가 있겠습니까."

"망각의 문을 놈들이 발견하기라도 하면, 생각보다 곤란해질 수도 있어."

낮은 목소리로 대화를 나누던 카브리엘과 스리케스는, 주변을 한 차례 둘러본 뒤 빠르게 스크롤을 찢었다.

촤악-!

그러자 두 사람의 그림자는 짙푸른 기류와 함께 오간 데 없이 어디론가 사라져 버렸다.

　그리고 두 사람이 사라지자, 스산한 기류만이 남은 고요한 레테의 강변.

　잠시 후 그곳에, 새로운 그림자들이 모습을 드러내기 시작하였다.

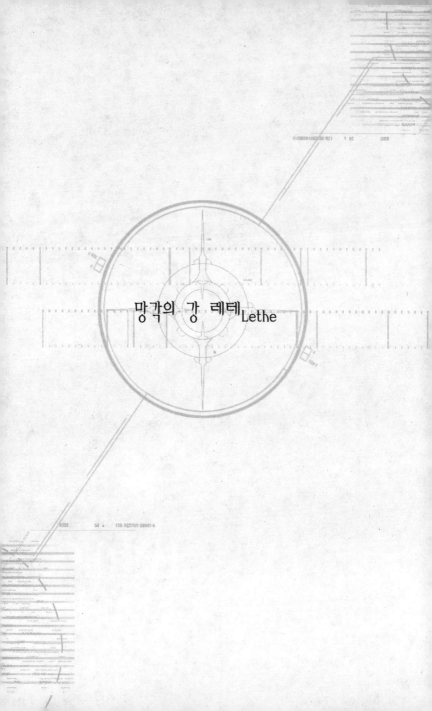

망각의 강 레테 Lethe

Taming
Master

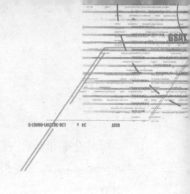

발러 길드의 길드마스터인 아르케인.

그리고 이안의 옆집 친구(?)이자 최상위 마법사 랭커인 마크 올리버.

둘을 따라간 이안과 훈이가 도착한 곳은 에레보스의 최심처나 다름없는 곳이었다.

띠링—!

–에레보스 제3지역에 진입하였습니다.

–짙은 죽음의 기운이 영혼을 옥죕입니다.

–모든 저항력이 15%만큼 감소합니다.

–모든 재생력이 15%만큼 감소합니다.

······중략······

메시지에 명시된 '에레보스의 제3지역'은 불길의 강 플레게톤Phlegethon과 망각의 강 레테Lethe 사이를 의미하는 것이었고.

이곳은 사실상 명계에서도 가장 진행도가 높은 유저들만이 진입할 수 있는 구역이었으니 말이다.

그 때문에 그 사실을 깨달은 두 사람은 적잖이 놀랄 수밖에 없었다.

'이런 식으로도 이동이 가능했어?'

'음, 생각보다 후하게 퍼 주는데?'

그들이 이안과 훈이를 이동시켜 준 다크 홀은 길드 전용으로 만들어 둔 워프 게이트였고, 이 게이트를 사용해 길드원이 아닌 외부의 인물들을 이동시켜 준 것은, 꽤나 파격적인 대우였으니 말이다.

어차피 길드 전용 게이트를 3구역 안에 확보하지 않는 이상 다시 올 때에는 플레게톤을 건너야 하겠지만, 그래도 접속 종료 전까지는 3구역에 머물 수 있었으니.

한 번도 3구역을 밟아 보지 못한 로터스의 입장에서는, 이 것만으로도 큰 도움이라 할 수 있었다.

"여기가······ 3구역이군요."

"그렇습니다. 정말 지옥 같은 곳이죠."

"이거 제가 도움을 요청드리긴 했지만…… 생각했던 것보다 너무 큰 도움을 받은 것 같은데……."

이안이 말끝을 흐리며 뒷머리를 긁적이자, 아르케인이 피식 웃으며 대답하였다.

"어차피 이안 님 정도 되는 분이 마음먹고 공략하시면…… 플레게톤을 넘는 것 정도는 1주일 안쪽으로 끊으실 것 같은데요."

"그럴 수도 있긴 하겠지만……."

"뭐, 큰 도움이라고 생각하신다면, 부담 좀 팍팍 가져 주셔도 됩니다."

"……."

"이안 님께 조금이라도 빚을 지워 드리면, 저희 발러 길드에겐 나쁠 게 없으니까요. 하하."

아르케인은 무척이나 솔직하고 쾌활한 인물이었다.

외모만 놓고 보면 차갑고 무뚝뚝한 인상에 가까운 이미지였으나, 실상은 전혀 그렇지 않았던 것이다.

때문에 아르케인과의 개인적인 조우는 처음이었지만, 이안으로서도 꽤나 호감이 가는 인물일 수밖에 없었다.

'이거 재밌는 친구네.'

이안과 아르케인의 대화는 계속해서 이어졌다.

"그럼 부담 팍팍 가지면서…… 기왕 받는 도움 최대한 한번 받아 보죠."

"후후, 밑천까지 털어먹으시려는 겁니까?"

"뭐, 할 수만 있다면 그러고 싶네요."

이안과 아르케인의 대화가 이어지는 동안, 일행은 계속해서 어디론가 움직였다.

아르케인과 마크올리버의 주도하에, 제법 오랜 시간 동안 이동한 것이다.

그리고 그렇게, 1시간 정도를 움직였을까?

"음……?"

뭔가를 발견한 이안의 두 눈이 반짝이기 시작하였다.

'여기가 레테……?'

회색빛의 대지에 잔잔히 반짝이는, 드넓은 수평선이 시야에 들어온 것이다.

그리고 3구역의 끝자락에 있는 거대한 규모의 강이라면, 망각의 강 레테 말고는 존재할 수 없었다.

"이제 다 왔군요."

아르케인의 이야기에 이안이 눈을 반짝이며 물었다.

"제가 요청드린 그 '단서'가…… 역시 레테와 연관이 있었던 겁니까?"

이안의 물음에, 이번에는 조용히 있던 마크올리버가 답하였다.

"그럴 수도 있고, 아닐 수도 있지."

"흠……?"

"우리도 그저 '짐작'만 하고 있을 뿐이니 말이야."

마크올리버의 대답에 이안은 더욱 흥미로운 표정이 되었다.

마크올리버.

정확히는 발러 길드에 대한 이안의 도움 요청은 무척이나 직설적인 것이었다.

─혼령의 날개가 필요해, 올리버.

─혼령의 날개……? 그게 뭔데?

생각하기에 따라 '혼령의 날개'라는 이름. 자체도 무척이나 고급 정보로 분류될 수 있는 것이었는데, 그것을 가감 없이 그대로 올리버에게 이야기했으니 말이었다.

─내가 진행하려는 콘텐츠를 열기 위해 필요한 물건.

─……!

─이 이상은 내게 도움을 준다면 오픈하도록 할게.

그리고 이안이 그렇게 솔직하게 이야기한 이유는 다른 것이 아니었다.

발러 길드의 도움이 없다면 최소 몇 달 정도는 정보 수집에만 시간을 보내야 할 것 같았고, 때문에 그들의 도움을 확실히 얻어 내기 위해서라도, 구미가 당길 만한 미끼를 미련 없이 던진 것이다.

'플레게톤을 건너는 정도야 아르케인의 말처럼 1주일이면 충분한 일이지만…… 정보 수집은 힘으로 되는 게 아니니까.'

당장 이안이 원정대를 꾸려 에레보스의 3구역에 진입한다고 하더라도, 이미 몇 달 넘게 3구역에 머물며 콘텐츠를 진행한 발러 길드의 정보력은 하루 이틀 안에 따라갈 만한 성질의 것이 아니었으니 말이다.

그리고 그러한 이안의 판단은 정확히 맞아떨어졌다.

이안이 던진 미끼는 발러 길드에게 충분히 매력적인 것이었으며, 때문에 이안이 오픈한 만큼, 발러 길드에서도 자신들이 해 줄 수 있는 것들을 최대한 지원해 주고 있었으니 말이다.

물론 발러 길드 최고 수뇌부 중 하나인 올리버가 이안의 옆집 친구(?)이기도 하였고, 길드마스터인 아르케인의 그릇이 그만큼 큰 덕에 가능한 일이었지만.

만약 그렇게 판단하지 않았더라면, 이안도 애초에 제안하지 않았을 것이었다.

"얼마 전 우리가 받았던 퀘스트 중에 이런 게 있었어, 이안."

"경청할게."

"망각의 저주를 극복한 자, 초월의 길에 도달하리라."

"음……?"

올리버의 이야기에 이안이 반문하자, 이번에는 아르케인이 불쑥 입을 열었다.

"퀘스트의 이름은 '혼령의 땅을 찾아서'입니다."

"……!"

"올리버가 이야기한 구절은 퀘스트 내용 안에 있는 문구이고요."

혼령의 땅 이라는 말을 들은 이안의 두 눈이 순간 크게 확대되었다.

어찌 보면 너무 확대해석일 수도 있겠지만, 생각보다 혼령의 날개에 대한 단서를 더 쉽게 찾을 수도 있겠다는 생각이 들었으니 말이다.

'혼령이라는 단어야 워낙 명계에서 여기저기 쓰이긴 하지만, 초월의 길이라는 말도 의미심장하고…….'

하여 이안은 아르케인과 올리버의 이야기를 계속해서 경청하기 시작하였다.

"사실 카일란에선 이 명계의 세계관 설정상, 유저는 이 망각의 강을 절대로 넘을 수 없습니다."

"어째서 그렇죠?"

"망각의 강 뒤에 존재한다는 엘리시움Elysium과 타르타로스Tartaros는, 사실상 '사후 세계'나 다름없는 곳이기 때문이지요."

"음……?"

"망각의 강을 건너며 모든 기억을 잃은 영혼들만이 도달할 수 있는 땅."

"그렇군요."

"퀘스트에서 칭한 '혼령의 땅'이라는 곳이 바로 이 엘라시움과 타르타로스를 뜻하는 것일 겁니다."

아르케인의 말을 듣던 이안은 순간 궁금증이 생겼다.

"퀘스트 제목이 뭔가 아이러니하군요."

"어떤 점이 그렇죠?"

"아르케인 님의 말씀대로라면, 설정상 유저가 갈 수 없는 곳을 찾아가라는 것이, 퀘스트의 내용이니까요."

"아하, 듣고 보니 그렇긴 하네요."

잠시 뜸을 들인 아르케인이 다시 입을 열었다.

"하지만 퀘스트 정보 안에, 아무런 방법 제시가 없는 것은 아닙니다."

"유저가 혼령의 땅에 갈 수 있는 방법이 명시되어 있나 보죠?"

"그렇다기보다는 힌트가 있죠."

"어떤 힌트일까요?"

"혼령의 탑."

"······?"

"망각의 저주를 극복하고 레테를 넘을 수 있는 방법이, 혼령의 탑에 있을 것이라는 문구가 적혀 있거든요."

"아하······!"

"그리고 이안 님이 올리버에게 이야기하셨던 그 혼령의 날개라는 것이, 어쩌면 망각의 저주를 극복할 수 있는 열쇠일지도 모르겠고요."

"혼령의 날개라는 것이, 혼령의 탑에 있을 것이라고 예상하시는 겁니까?"

"바로 그렇습니다."

"흐음······."

가만히 둘의 대화를 듣던 올리버가 다시 입을 열었다.

"하지만 어디까지나 예상일 뿐이야."

"그렇겠지."

"그래서 처음부터, 짐작만 하는 것이라고 이야기했던 거고."

여기까지 들은 이안은 머릿속이 맑아지기 시작하는 것을 느꼈다.

'오호······.'

이제까지는 어찌 구해야 할지 전혀 감조차 오지 않던 혼령의 날개에 대한 실마리가, 슬슬 보이는 것 같았으니 말이었다.

'어쩌면 혼령의 탑이라는 곳에서, 혼령의 날개를 얻을 수 있을지도 모르겠군.'

유저는 기억을 잃을 수 없다.

그 때문에 망각의 강을 건너는 배에 오른다면, 그 배는 가라앉고 만다.

기억을 가진 자는 절대로 건널 수 없는 강이, 망각의 강 레테였으니 말이다.

하지만 퀘스트에서 말하는 어떤 '조건'을 충족시킬 수 있다면, 유저도 레테를 건널 수 있다.

그리고 그 조건이 어쩌면 이안이 지금 찾고 있는 초월자의 마지막 피스인, '혼령의 날개'일지도 모른다.

'그렇다면 이제 한 가지만 확인하면 되겠네.'

잠시 머릿속을 정리하던 이안의 시선이, 다시 아르케인을 향해 움직였다.

"그럼 혼령의 탑이 있는 곳은…… 혹시 알고 계십니까?"

이안은 아르케인과 발러 길드에 혼령의 탑에 대한 정보가 있다고 확신하였다.

혼령의 탑이 어딘지 모른다면, 아무리 이러한 정보가 있다 한들 아무런 소용이 없을 테니 말이다.

이어서 이안의 예상대로, 아르케인은 천천히 고개를 끄덕였다.

"물론입니다. 혼령의 탑에 대해 알고 있으니, 이안 님을 여기까지 모셔 온 것이지요."

아르케인과 이안의 눈이 허공에서 다시 마주쳤다.

그리고 이안은 속으로 실소를 머금었다.

'역시 마지막 패까지 그냥 까지는 않는군.'

반짝이는 아르케인의 눈빛이 뭘 의미하는지, 충분히 짐작할 수 있었으니 말이다.

'발러에서 이 정도까지 정보를 오픈했으면, 나도 마지막 패를 까서 보여 주는 게 아무래도 예의겠지.'

아르케인이 원하는 것은, 혼령의 날개에 대한 정보일 것이다.

이안이 혼령의 날개를 원한다는 사실을 알고 있으니, 그것을 왜 원하는지에 대해 알고 싶은 것이다.

게다가 이안은 처음 올리버에게 도움을 청할 때, 분명 이런 이야기를 했었다.

―이 이상은 내게 도움을 준다면 오픈하도록 할게.

발러 길드가 도움을 준다면, 혼령의 날개에 대한 정보를 좀 더 오픈하겠다는 이야기.

때문에 이안은 망설임 없이 입을 떼기 시작하였다.

물론 용비늘 신발이나 원소의 목걸이에 대한 정보까지 오픈할 생각은 없었지만.

적어도 혼령의 날개에 대한 정보는 완전히 공유해 줄 생각을 한 것이다.

"마스터께선 혹시, 성운星雲에 대해 알고 계십니까?"

"⋯⋯!"

때문에 이안의 이야기가 이어질수록, 아르케인과 올리버는 점점 더 놀란 표정이 될 수밖에 없었다.

그들로서는 성운이라는 것이 존재한다는 사실 정도만 알고 있었을 뿐.

그곳을 밟기 위한 조건에 대한 이야기는 완전히 처음 듣는 정보였으니 말이다.

그리고 이안의 이야기가 끝난 순간.

"역시⋯⋯ 이안 님께서 혼령의 날개를 찾으시는 이유가 확실히 있었군요."

아르케인 또한, 가지고 있던 마지막 패를 오픈하였다.

"좋습니다. 그럼 한번 같이 그것을 찾아보도록 하지요."

"⋯⋯!"

"혼령의 탑으로 안내하겠습니다."

이안과 훈이를 대동하여, 혼령의 탑으로 이동하기 시작한 것이다.

'깔끔하군. 확실해서 좋아.'

하여 이안은 무척이나 기분이 좋아졌다.

생각보다 더욱 빠르게 혼령의 날개에 대한 단서를 얻었으며, 모든 일이 순조롭게 느껴졌으니 말이다.

'후후, 잘하면 1주일 내로 손에 넣을지도 모르겠는데…….'

하지만 지금 이 순간, 이안이 한 가지 간과한 것이 있었다.

모든 일이 순조롭게 풀리기 위해서는, 위에 했던 가정들이 전부 다 맞아떨어져야만 한다는 사실 말이다.

플레게톤과 레테의 사이.

에레보스의 제3구역이라 불리는 죽음의 땅.

아르케인은 이곳을 '지옥 같은 곳'이라 표현하였고, 이안은 처음에 그 의미를 이해할 수 없었다.

지옥 같다는 표현을 하기엔, 이안과 훈이는 발러 길드의 도움을 받아 너무도 순조롭게 망각의 강까지 도착했으니 말이다.

하지만 본격적으로 혼령의 탑을 찾아 움직이기 시작하자, 이안은 아르케인의 말이 어떤 의미였는지 깨달을 수 있었다.

'확실히 이 정도 난이도면…… 지옥이라고 얘기할 만하네.'

이안이 체감하는 명계 3구역의 난이도는, 정령계의 최상위 필드인 비터스텔라와 비교해도 훨씬 더 높은 수준이었다.

그런데 재밌는 것은 3구역 안에서도 지역에 따라 난이도 차이가 극심하다는 점이었다.

　갓 플레게톤을 넘은 초반부 필드는 오히려 2구역보다 약하게 느껴질 정도로 낮은 난이도였으나, 망각의 강에 가까워질수록 그 난이도는 급증하였고.

　그에 더해 망각의 강을 따라 북서쪽으로 이동할수록 난이도 증가폭이 더 급격히 상승하였으니, 지금 이안의 스펙으로도 쉽게 생각하기 힘든 수준까지 올라온 것이다.

　'물론 찰리스의 지하뇌옥과 비교하면 쉽긴 하지만……. 그쪽 난이도를 여기에 대입하는 건 무리가 있겠지.'

　기계문명의 지하뇌옥을 떠올린 이안은 피식 웃으며 고개를 절레절레 저었다.

　그곳은 이안조차도 정령신의 가호를 비롯한 에픽 퀘스트 버프 덕에 공략 가능했던 곳이니 말이다.

　물론 '엘리샤'라는 최강의 정령은 이안의 곁에 남아 있었지만, 그래도 특수 던전과 일반 필드의 난이도 단순 비교는 불가능한 것이었다.

　해서 이안은 지금껏 그가 생각해 왔던 명계에 대한 이미지를 전면 수정할 수밖에 없었다.

　'어찌 보면 모든 중간계 중에, 명계가 가장 상위 콘텐츠였을지도.'

　사실 이안은 처음에, 명계가 다른 차원계들과 별반 다를 것 없는 동등한 난이도일 것이라 생각했었다.

그가 용천을 공략하고 정령계에서 활약할 무렵.

이미 발러나 칼데라스 같은 길드는 3구역에 발을 디딘 상태였으니 말이다.

심지어 랄프나 이니스코같은 좀 덜떨어진(?) 랭커들도 플레게톤을 넘었을 정도였으니, 어떤 면에선 오히려 정령계보다 더 난이도 낮은 차원계가 명계라고 이안은 생각했었던 것이다.

물론 급격히 상승한 3구역의 난이도에 많은 랭커들이 다른 차원계로 방향을 선회했었지만, 이안으로서는 실제로 체감해 보지 못한 난이도였기에 얼마나 어려울지 예측할 수 없었다.

'후후, 역시 아직까지도 망각의 강에 막혀 있었던 이유가 있었네.'

발러 길드의 길드원들과 함께 3구역의 언데드들을 상대하며 길을 뚫던 이안의 입에, 미소가 점점 짙어지기 시작하였다.

처음 명계에 올 때만 해도 이안의 목적은 그저 혼령의 날개 하나뿐이었는데, 의외의 난이도에 마주하니 좀 더 흥미가 동한 것이다.

'그래. 좀 어려워야 재밌지. 그래야 보상도 셀 테고.'

이안과 훈이를 포함한 발러 길드의 원정대는, 빠르게 언데드들을 정리하며 파죽지세로 이동하였다.

처음에는 버벅였지만 슬슬 손발이 맞기 시작하니.

이안과 훈이의 도움과 발러 길드의 경험이 시너지를 내기 시작하며, 점점 더 사냥 속도가 빨라진 것이다.

"확실히 이안 님과 함께하니 훨씬 안정적이군요."

"후후, 제 능력보단 이번에 얻은 정령왕의 힘에 가깝지요."

"겸손은……."

하지만 사람이 많으면 모두의 생각이 같을 수 없는 법.

이안과 훈이의 합류를, 달갑지 않게 보는 인물도 분명히 있었다.

그 두 사람 덕에 원정대에서 빠져야 했던, 이 자리에 없는 누군가는 말이다.

발러 길드의 길드원인 세르누크는 최근 무척이나 심기가 불편하였다.

사실상 발러 길드가 처음 창립되었을 때부터 함께해 왔던 초기 멤버임에도 불구하고, 길드 내에서 그의 입지가 계속 좁아지는 것을 느끼고 있었으니 말이다.

"아르케인 형은 진짜 너무한단 말이지."

사실 세르누크의 입지가 좁아지는 이유는, 무척이나 간단하였다.

처음부터 가입 자격에 조금 미달됨에도 불구하고, 아르케인의 지인이라는 이유로 길드에 들어올 수 있었던 그였기에, 발러 길드의 길드원이 늘어나고 점점 더 최상위권 길드로 자리 잡아 가면서, 능력이 부족했던 그는 자연히 도태될 수밖에 없었던 것이다.

아르케인은 무척이나 딱 부러지는 인물이었고, 지인이라 하여 편의를 더 봐주거나 하는 성품이 아니었으니, 세르누크의 입장에서는 점점 더 서운함이 쌓여 갈 수밖에 없었던 것.

그리고 그렇게 쌓여 오던 서운함이 폭발한 것은 얼마 전의 일 때문이었다.

"세르누크, 이번 원정에서는 빠져야겠어."

"형, 그게 무슨 말이야?"

"아마 며칠 뒤에 혼령의 탑 공략 갈 것 같은데, 최상급 전력으로 움직이려 하거든."

"내가 50명 안에 들기 힘들 정도로 부족하다는 거야?"

"아니. 이번에는 30명 정예로 움직일 거야. 지난번에 혼령의 탑 가 봐서 알잖아? 네 실력으로는 아직 힘들어, 세르누크."

세르누크의 초월 레벨은 70레벨대 후반 정도로, 사실 낮은 레벨이라 할 정도는 아니었다.

하지만 대부분 80후반~90레벨 정도로 구성된 발러 길드의 정예 멤버들에 비교했을 때에는, 확실히 부족하다고 할 수 있는 것.

게다가 실질적인 문제는 세르누크의 레벨이 아니었다.

아르케인이 냉정하게 생각했을 때, 세르누크의 레벨이 70 후반이 될 수 있었던 것은 길드 파티의 버스를 탔기 때문이었으니 말이다.

세르누크의 부족한 실력은 사실, 레벨과 별개로 고난이도 던전에서 리스크일 수밖에 없었던 것.

이안까지 함께하기로 한 이 기회에 혼령의 탑을 정복하려는 계획을 세운 아르케인의 입장에선, 아무리 지인이라 해도 짐이 될 게 분명한 세르누크를 데려갈 수 없었던 것이다.

그리고 아르케인의 마지막 말에, 세르누크는 서운함이 폭발할 수밖에 없었다.

"하지만 형, 심연에서는 레벨이 중요한 것도 아니고……."

"레벨 문제가 아니라는 건, 네가 더 잘 알잖아."

"후우…… 그렇게 말하면 할 수 없지만……."

"제2원정대에 넣어 줄게. 이번에 한 팀 쉬면서, 실력 좀 키워 둬, 세르누크."

아르케인이 말한 제2원정대란, 발러 길드의 2군과도 같은 파티였다.

그 때문에 아르케인의 말을 들은 세르누크는, 자신이 아예

2군으로 밀려났다고 지레짐작해 버린 것이다.

'저 형이 어떻게 나한테 이럴 수가 있지?'

물론 아르케인의 의도는 그것이 아니었다.

세르누크는 아르케인과 가장 오래 게임을 함께한 지인 중 한 명이었고, 때문에 그에 대한 애정은 충분히 가지고 있었으니 말이다.

다만 길드 내의 형평성 문제 때문에 그가 실력을 더 쌓아서, 다른 길드원들의 인정도 받으면서 1군 원정대에 합류하기를 바랐을 뿐.

하지만 이미 자격지심에 사로잡힌 세르누크는, 아르케인의 의도를 곡해할 수밖에 없었다.

'그래. 이 기회에 날 아예 2군으로 보내겠다는 거지. 1군 원정에 방해만 된다고 생각하는 거야.'

자신의 레벨과 실력이 1군에 속하기 애매하다는 것은, 누구보다 세르누크 본인이 잘 알고 있는 사실이었다.

하지만 이성적으로 그것을 안다고 해서 이제껏 쌓인 서운함이 사그라질 수는 없는 것.

때문에 세르누크의 불만과 서운함은 폭발할 수밖에 없었고, 그러던 와중에 한 가지 결정적인 사건이 추가로 터졌다.

같은 발러 길드 소속의 동료로부터, 충격적인 사실을 하나 더 알게 된 것이다.

"올리버 형한테 들은 이야긴데, 이번 원정에서는 아마 혼령의 탑을 확실히 공략해 낼 모양이더라고."

"지난번에 절반도 오르지 못했잖아?"

"그랬었지."

"그때보다 크게 스펙 업이 된 것도 아닌데, 어떻게 그렇게 확신하는 거야?"

"이건 비밀인데, 이번 원정대에 이안이 합류하기로 했대."

"이안……? 로터스의 그 이안을 말하는 거야?"

"그렇다니까."

"……!"

"너만 알고 있어야 돼, 세르누크. 다른 길드원들한테 절대로 말하면 안 된다고."

"그렇겠지. 이 이야기를 들으면, 다들 서운해할 테니까."

혼령의 탑은 지금껏 발러 길드가 명계에서 찾은 콘텐츠 중에서도, 최상위 난이도와 티어를 가진 고급 콘텐츠였다.

그 때문에 이안과 함께 이 던전을 공략한다는 이야기는, 파티에서 배제된 길드원들의 입장에서는 무척이나 서운한 이야기일 수밖에 없었다.

이 정도 되는 콘텐츠의 최초 공략 보상이 얼마나 대단한지는 꼭 확인해 보지 않아도 알 수 있는 것이었고.

때문에 길드원도 아닌 이안이 혼령의 탑 공략에 숟갈을 얹는다고 생각하면, 무척이나 배가 아플 수밖에 없는 것이다.

"시간이 조금 걸리더라도, 길드 내에서 어떻게든 공략해 낼 수는 없었던 건가……."

"글쎄, 사실 나는 마스터의 결정이 맞다고 보는 입장이야,
세르누크."

"어째서?"

"최근에 칼데라스랑 게스토 길드 쪽에서, 슬슬 혼령의 탑
근처에 나타나기 시작했다는 이야기를 들었거든."

"음……."

"게스토는 몰라도 칼데라스가 혼령의 탑 존재를 알게 되
면, 최초 클리어를 뺏길 확률이 엄청 높잖아."

"그거야 그렇지만……."

"그래서 아르케인 형도, 아마 이런 결정을 했지 싶어."

세르누크에게 이 이야기를 전해 준 길드원은 '파르토'라는
길드원으로, 아르케인, 세르누크와 오랜 친구이자 발러 길드
의 최상위 랭커 중 한명이었다.

그 때문에 그의 설명에도 불구하고, 세르누크는 서운함이
누그러지지 않을 수밖에 없었다.

원정대에서 배제된 자신과 달리, 파르토는 핵심 멤버로 함
께할게 분명했으니 말이었다.

'파르토, 저 녀석은…… 자기 일이 아니니 저렇게 말할 수
있겠지.'

하여 파르토와 헤어진 세르누크는 길드 거점에 혼자 앉아
씩씩거리며 분을 삼켰다.

'다른 길드원들은 몰라도…… 나한테는 이러면 안 되는 거지 아르케인 형이.'

하여 혼자 계속해서 씩씩거리던 세르누크는 벌떡 일어나 어디론가 향하기 시작하였다.

아르케인은 미처 헤아리지 못했지만, 세르누크의 불만은 마치 심지가 달린 시한폭탄처럼 활활 타오르고 있었다.

이안이 아직 제대로 공략해 보지 못한 중간계는 알려진 곳 중에는 두 곳 정도였다.

이번에 처음 발을 디딘 에레보스 제3구역부터의 명계와, 용천의 최상위 콘텐츠이자 아직 아무도 밟아 보지 못한 땅인 태천太天.

하지만 태천의 경우에는 '고대 전장의 영웅' 퀘스트를 제외하고는 아무런 실마리조차 없는 상황이었으니, 사실상 이안이 공략해 볼 만한 차원계는 명계의 후반 지역뿐.

물론 이곳에서 '혼령의 날개'를 얻는다면, 상황은 많이 달라지겠지만 말이었다.

띠링-!

-'숨겨진 망자의 심연'을 발견하셨습니다.

-명성(초월)이 15,000만큼 증가합니다.

  -음울한 죽음의 기운이, 더욱 강렬히 느껴지기 시작합니다.

  이안과 발러 길드의 원정대가 혼령의 탑에 도착하는 데까지 소모된 시간은 대략 반나절 정도였다.

  그리고 눈앞에 나타난 혼령의 탑을 보며, 이안은 속으로 고개를 주억거릴 수밖에 없었다.

  '확실히 발러 길드가 아니었다면…… 혼령의 탑을 찾는 데에는 엄청 오랜 시간이 걸렸겠어.'

  혼령의 탑이 위치한 곳은 평범한 곳이 아니었다.

  구불구불 이어진 망각의 강을 따라 서쪽 끝까지 이동한 다음.

  서쪽 강변에 존재하는 '망자의 심연'을 따라 수중으로 들어가야만, 도달할 수 있는 곳이었으니 말이다.

  망각의 강 레테 안에 수중 맵이 존재할 것이라는 사실은 어지간한 노력으로 찾아내기 힘든 정보였고, 때문에 이안은 적잖이 흡족할 수밖에 없었다.

  '도움을 요청하길 잘했군.'

  하지만 망자의 심연에 발을 들인 순간, 흡족하던 표정의 이안은 순간적으로 당황할 수밖에 없었다.

  -망각의 강에 발을 디뎠습니다.

−'망각의 저주'가 전신에 내려앉습니다.

　간결한 두 줄의 메시지와 함께, 온몸에 힘이 쭉 빠져나가는 것이 느껴졌으니 말이었다.
　망각의 강 레테에 들어서는 순간 걸리게 되는, 필드 디버프 형식의 저주인 망각의 저주.
　이 '망각의 저주'는 이안이 지금껏 본 적 없는 수준의 강력한 디버프였다.

−'망각의 저주'가 전신에 내려앉습니다.

−중간계의 모든 경험이 일시적으로 초기화됩니다.

−모든 파티원의 초월 레벨이 1로 조정됩니다.

−모든 전투 능력치가 대폭 감소합니다.

−'망각의 저주'를 받는 상태에서는 경험치를 전혀 획득할 수 없습니다.

　……후략…….

　보통 아무리 강력한 디버프라도 특정 스탯을 어느 정도 하향시키는 정도가 전부였는데.
　액티브 버프도 아닌 필드 디버프가 이 정도의 수준인 경우는, 이안조차도 듣도 보도 못한 것이었으니 말이다.
　'아니, 뭐 이런 무식한 저주가……!'

하지만 경악에 빠진 훈이, 이안과 달리, 발러 길드원들의
표정에는 여유가 넘쳤다.

그들은 이미 이 망각의 저주에, 익숙해져 있었으니 말이었
다.

"후후, 놀라셨군요."

"놀라지 않게 생겼습니까. 무슨 이런 미친 저주가……."

"하지만 너무 걱정하실 필요 없습니다."

"네?"

"이곳, 망각의 강 안에선 모두가 평등하니 말입니다."

"모두가 평등하다는 건……."

"이 강 안에 존재하는 모든 몬스터들. 그리고 저희가 공략
하려는 혼령의 탑의 모든 괴수들까지. 망각의 저주 안에선,
그 누구도 예외가 없다는 이야기입니다."

"아하……?"

본래 카일란의 세계관 안에서 망각의 강 레테는, 무척이나
무시무시한 곳이었다.

망각의 강 안에 빠지는 순간 모든 기억을 잃어, 강 안에서
표류하게 된다는 설정을 가지고 있었으니 말이다.

강 안을 떠도는 수많은 괴수들과 NPC들은 그 설정에 따
라 강 안에 갇혀 버린 것.

하지만 그 설정에도 예외가 있었으니, 그것은 바로 '영격'
이 높은 존재들이었다.

실제로 '죽은 자'가 아니면서 에레보스를 밟을 수 있는, '중간자' 이상의 영격을 가진 존재.

그들은 망각의 저주를 받으면 일시적으로 모든 경험치를 잃어버릴지언정, 실제 기억은 잃지 않는다는 것이다.

물론 중간자이건 중간자가 아니건, '유저'가 기억을 잃는 것은 불가능하다.

하지만 그러한 경우는 사실 생각할 필요가 없는 것이었다.

중간자의 위격을 얻지 못한 상태에서 레테에 도달하는 것 자체가 애초에 불가능한 일이었으니 말이다.

'저승 감찰관을 피해 에레보스 3구역까지 진입하는 건, 완전히 불가능한 일이니까.'

하여 이러한 설정들을 머릿속으로 정리한 이안은 눈을 반짝이기 시작하였다.

명계의 세계관은 확실히 다른 중간계들 못지 않게 독특하고 흥미로운 것이었다.

"이거 재밌네요."

"확실히 재밌는 필드죠."

"후후, 이 망각의 심연 안쪽에, 혼령의 탑이라는 곳이 있다는 거죠?"

"그렇습니다."

"한번 들어가 보죠."

"아무리 이안 님이라 해도, 긴장 단단히 하셔야 할 겁니다."

"많이 하드한가 보죠?"

"그렇습니다."

아르케인의 말을 듣던 이안은 고개를 갸우뚱했다.

물론 어려운 던전일 것이라고 오기 전부터 예상하였으나, '망각의 저주'에 대해 알게 된 지금은 의문점이 생겼으니 말이다.

"어차피 몬스터도 전부 초월 1레벨이라면…… 오히려 쉬울 것 같은데……."

사실 초월 80레벨대일 때부터 100레벨 이상의 몬스터를 잡고 다녔던 이안에게 레벨이 평등해졌다는 것은, 곧 난이도 하락을 의미하는 것이었으니까.

하지만 이안의 그 의문은 옆에 있던 올리버에 의해 곧바로 풀렸다.

"일단 초월 레벨은 다 1레벨이라고 뜨긴 하는데……."

"그런데?"

"내 생각엔 아무리 봐도 레벨로 사기 치는 것 같거든."

"……?"

"1레벨짜리들 스텟이, 최소 초월 30~50레벨은 되는 것 같단 말이지."

올리버의 이야기를 들은 이안의 두 눈이 크게 확대되었다.

난이도에 대한 의문은 풀렸지만 다른 의미에서 다시 당황할 수밖에 없었으니 말이다.

'올리버가 보수적으로 얘기했음 얘기했지, 과장되게 이야기하는 성격은 아닌데…….'

그가 이야기한 대로 몬스터들의 스탯 수준이 초월 30~50 수준이라면, 아무리 이안이라 하더라도 1레벨 스탯으로 상대하는 것은 불가능한 것.

하지만 조금 더 생각이 이어지자, 이안은 한 가지 놓쳤던 사실을 깨달을 수 있었다.

'잠깐. 장비……! 장비가 있었지?'

레벨이 초기화되었음에도 불구하고, 레벨 제한이 80~90 이상인 자신의 장비들이 그대로 착용되어 있음을 떠올린 것이다.

이어서 정보 창을 열어 본 이안은 고개를 끄덕일 수밖에 없었다.

'이러면 얘기가 다르지.'

고레벨 상위 티어 장비들의 옵션들을 전부 합하면 20~30 레벨 정도 스탯 커버는 일도 아니었으니, 초월 1레벨인 상태로도 30~50레벨의 몬스터들과 충분히 싸워 볼 만한 것이다.

'역시…… LB사에서 밸런스를 터뜨려 놨을 리가 없지.'

물론 레벨 제한이 높은 장비를 바꿔 착용하거나 하는 것은 불가능했지만, 저주를 받기 전에 착용한 장비들은 그대로 사용할 수 있는 시스템이었던 것.

하여 모든 정보를 이해한 이안은 발러 길드의 일행들과 함께 슬슬 걸음을 옮기기 시작하였다.

"여러 번 트라이할 것 없이, 한 큐에 끝내죠."

이안의 패기에, 아르케인이 피식 웃으면서 대답하였다.

"제발, 그랬으면 좋겠군요."

차원 전쟁 콘텐츠가 모두 마무리된 뒤, 이안이 가장 처음 새로 연성해 낸 마수인, 고대 파괴의 발록 크르르.

다시 연성된 크르르의 초월 레벨은 1부터 시작이었지만, 그것은 며칠 전의 이야기일 뿐이었다.

초월 100레벨이 훌쩍 넘는 사냥터에서 며칠 동안 이안의 버스를 탄 크르르는, 이미 초월 60레벨이 훌쩍 넘은 상태였으니 말이다.

일반적인 중간계의 서민(?)이었다면 60레벨을 찍는 데에만 몇 달은 꼬박 걸렸겠지만, 이안을 그런 일반적인 기준으로 생각할 수는 없는 것.

애초에 사냥 속도를 떠나 사냥터 자체가 다르니, 이것은 당연한 결과라고 할 수 있었다.

하지만 그렇다고 해도 이안은 아직까지, 크르르의 제대로 된 면모를 확인한 적이 없었다.

-크르르……! 모조리 파괴한다!

허세 넘치는 대사만 항상 반복할 뿐.

아직 60레벨 정도인 크르르의 전투력으로는 이안이 사냥하는 사냥터에서 제대로 된 퍼포먼스를 발휘할 수 없었으니 말이다.

하지만 지금 이 순간, 이안은 크르르를 실전에 처음 활용해 볼 생각에, 무척이나 들떠 있었다.

'망각의 심연 안에서선, 지금까지와 이야기가 좀 다를 테지.'

모두 초월 1레벨로 평등한 망각의 심연 안에서라면, 초월 60레벨 대에 불과한 크르르도 충분히 강력한 위력을 발휘할 수 있을 테니 말이었다.

물론 90레벨대인 다른 소환수들보다 착용 장비 수준이 조금 낮기는 하지만, 그 정도는 크리티컬한 수준까진 아니라고 할 수 있었다.

'드디어 고대 발록의 위용을 제대로 확인할 수 있는 건가?'

하여 이안은, 일부러 크르르를 가장 선두에 세우고 앞장서 움직이기 시작하였다.

심연에서 나타나는 몬스터들과 가장 먼저 싸워 볼 생각으로 말이다.

하지만 몬스터들이 나타났음에도 불구하고, 이안은 크르르의 전투력을 쉽게 확인할 수 없었다.

−고대 파괴의 발록, '크르르'의 고유 능력. '파괴광선'이 발동합니다.

−심연의 괴수 '쿠르타'를 성공적으로 처치하였습니다!

−심연의 괴수 '쿠르타'를 성공적으로 처치하였습니다!

……후략…….

심연 초입에 등장한 몬스터들은 정말 액면가 그대로 초월 1레벨의 몬스터들이었고, 때문에 크르르의 파괴광선이 발동하기만 하면 그대로 픽 픽 쓰러져 죽어 버렸으니 말이다.

−크르르……! 나는 강하다!

쓸데없이 엄청난 크르르의 자신감만, 더욱 증폭시켜 주고만 것.

−크르르! 이제는 인정해라, 주인!

"후…… 시끄러 인마."

그리고 그렇게 이안과 크르르가 티격태격하는 사이, 이안 일행은 어느새 심연 깊숙한 곳까지 도착하였다.

이어서 어두운 심연 속에서 반짝이는, 짙은 보랏빛의 게이트가 이안의 시야에 들어왔다.

"저기로 들어가야 하는 겁니까?"

이안의 물음에, 아르케인이 고개를 끄덕이며 답했다.

"그렇습니다, 이안 님. 저기가 바로, 망각의 문이죠."

"망각의 문이라……."

"저 안에 들어가면, 그때부터가 본격적인 시작입니다."

"기대되는군요."

"자, 그럼 이쪽으로……."

망각의 문이 시야에 들어오자 아르케인이 다시 앞장서기 시작하였고, 그런 그의 뒤로 발러 길드의 원정대가 일사분란하게 따라붙었다.

그리고 이안과 훈이 또한, 어느새 발러 길드의 진영에 자연스레 녹아들었다.

"형, 흑마법사 장비 나오면, 전부 다 내 거야. 알지?"

잔뜩 기대에 찬 표정인 훈이를 향해, 이안이 피식 웃으며 답하였다.

"내가 먹는 건 다 줄게, 걱정하지 마."

훈이가 왜 이렇게 들떠 있는지, 그는 잘 알고 있었으니 말이다.

'후후, 혼령이라는 이름만으로도…… 훈이는 충분히 기대할 만하지.'

최근 커뮤니티에 올라와서, 수많은 흑마법사 유저들을 충격에 빠지게 했던 장비인 고대 혼령의 완드.

그것이 드롭되는 필드를 이제까지는 전혀 짐작조차 못하고 있었는데, 이 혼령의 탑이라는 곳이 획득처일지도 모른다는 기대를 충분히 할 만했으니 말이었다.

하여 그렇게, 서로 다른 목적과 기대 속에서 망각의 문을 밟는 이안과 훈이.

두 사람의 신형이, 깊은 어둠 속으로 순식간에 빨려 들어
가기 시작하였다.

"좋아. 이 정도면 준비는 충분하군."

"그렇습니다, 마스터. 이번에 벽을 넘을 수 있다면, 분명
최상층까지 막히지 않고 도착할 수 있을 겁니다."

"하긴. 8층만 뚫으면 관문이 하나 남는 셈이니, 10층까지
한 번에 도달할 수 있겠지."

"이번엔 기필코⋯⋯!"

'게스토' 길드의 길드마스터인 카브리엘과, 스리케스를 포
함한 30명의 정예 길드원들.

바짝 날이 선 게스토 길드의 길드원들은 지금 레테의 강변
을 따라 서쪽으로 움직이는 중이었다.

"스리케스. 10층에 '혼령의 나룻배'가 봉인되어 있다는 정
보는 확실하겠지?"

"예, 마스터. 퀘스트 창이 거짓말을 하고 있는 것이 아니
라면⋯⋯ 그것은 틀림없는 사실입니다."

발러 길드와 게스토 길드는 서로에 대한 정보가 없었지만,
사실 두 길드는 지금껏 번갈아 가며 혼령의 탑을 공략하고
있었던 것.

다만 혼령의 탑 공략에 한 번 실패하고 나면 24시간 동안 입장이 불가능하다 보니, 이제까지 항상 번갈아가며 탑에 입장하여, 한 번도 두 길드가 마주친 적이 없었던 것이다.

심지어 발러 길드보다도 오히려 혼령의 탑 공략을 더 여러 번 시도한 길드가, 바로 게스토 길드였다.

가장 먼저 이 혼령의 탑을 찾아낸 것이 바로 그들이었으며, 발러 길드로서는 모르는 것이 당연하겠지만, 혼령의 탑에 대한 정보가 가장 많은 이들 또한 바로 게스토 길드였으니 말이다.

"좋아, 제군들. 지금부터 10분 준다. 망각의 심연에 들어가기 전에, 각자 최종 점검을 시작하도록."

능숙하게 레테의 서쪽 끝까지 도착한 카브리엘과 게스토 길드원들은, 망각의 심연을 앞에 두고 최종 점검을 시작하였다.

이들 모두 혼령의 탑 공략에 여러 번 투입되었던 정예 멤버들이었기 때문에, 각자 자신들이 뭘 해야 할지는 빠삭하게 잘 알고 있는 듯 보였다.

그리고 그런 길드원들을 둘러보던 카브리엘의 두 눈에는, 자신감이 가득 차 있었다.

'이번에야말로 확실해. 레테를 가장 먼저 건너는 길드는…… 분명히 우리가 될 거라고.'

자신의 상태를 빠르게 점검한 뒤, 짙은 심연을 향해 시선을 고정시키는 카브리엘.

그런데 바로 그 순간.

"……!"

뭔가를 발견한 카브리엘의 두 동공이, 천천히 확대되기 시작하였다.

'뭐지? 설마 유저……?'

아무도 없다고 생각했던 심연의 강변 구석에서, 낯선 그림자 하나가 천천히 모습을 드러냈으니 말이었다.

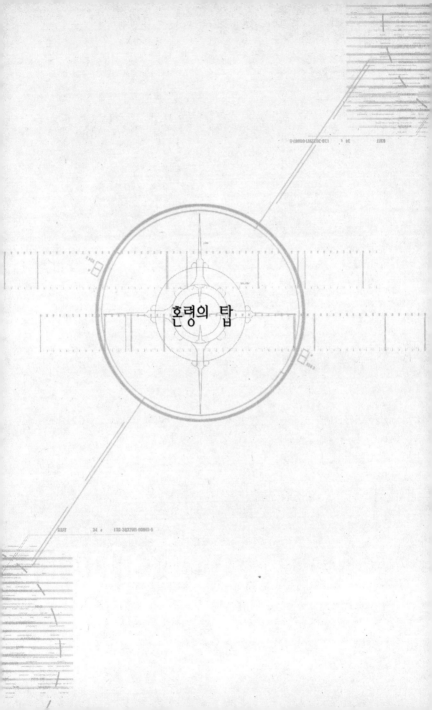

혼령의 탑

Taming
Master

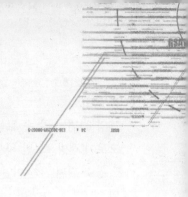

어두워졌던 시야가 천천히 밝아지고, 이안의 눈앞에 간결한 두 줄의 메시지가 떠올랐다.

띠링—!

-'망각의 문'을 통과하셨습니다.
-'혼령의 땅'에 입장하셨습니다.

이어서 눈앞에 펼쳐진 새로운 환경에, 이안은 빠르게 두리번거리며 주변을 살폈다.

'시작부터 위험한 필드는 아닌 건가?'

처음 발을 디딘 혼령의 땅은, 무척이나 단순한 구조의 필드였다.

　양 측면이 알 수 없는 어둠의 벽으로 막혀 있었으며, 길은 오로지 전방으로만 구불구불하게 나 있었으니 말이다.

　평소 길치(?)인 이안으로서는 아주 선호할 만한 구조의 맵인 것.

　미니 맵을 슬쩍 확인한 이안이, 어느새 옆에 다가온 아르케인을 향해 입을 열었다.

　"이 맵의 끝에 혼령의 탑이 있는 거죠?"

　"그렇습니다, 이안 님."

　"보니까 맵도 엄청 좁네요. 금방 가겠네."

　이안의 말에, 아르케인이 살짝 놀란 표정이 되어 되물었다.

　"처음…… 와 보신 것 아니었습니까?"

　"당연히 그렇죠."

　"그런데 맵이 좁다는 걸 어떻게 아신 겁니까?"

　아르케인이 놀란 것은 당연한 것이었다.

　혼령의 땅은 길이 하나밖에 없는 단순한 구조였지만 그와 별개로 양 측면이 어둠의 벽으로 막혀 있는 구불구불한 구조였고, 때문에 맵의 크기와 관계 없이 아직 시야 어디에도 혼령의 탑이 보이지 않았으니 말이다.

　게다가 초행길이라면 미니 맵도 전부 어둠으로 가득 차 있을 테니, 이안이 어떤 식으로 추측했는지 놀랄 수밖에 없었다.

　그리고 놀란 표정의 아르케인을 향해 이안은 태연히 대답해 주었다.

"미니 맵 세부 정보 들어가면 축척이 보이잖아요."

"아……?"

"축척 비율만 봐도, 전체 맵 크기 정돈 대충 짐작할 수 있죠."

"오…… 그런 방법이……."

지도에서 축척이란, 지표상의 실제 거리를 지도상에 줄여 나타낸 비율이다.

그 때문에 미니 맵의 축척 기준은 전체 맵의 크기가 클수록 비율이 작아질 수밖에 없었고, 이안은 이 비율의 크기가 큰 것을 근거로 맵의 크기를 짐작해 낸 것이다.

사실 이것은 그리 어렵거나 놀라운 수준의 추론법은 아니었다.

하지만 꼼꼼하고 분석적인 성향의 유저가 아니라면, 이러한 생각을 떠올리지 못하는 게 보통이었다.

"자, 전부 넘어왔으면 이제 이동하죠."

"좋습니다."

"출발!"

이안과 아르케인이 한두 마디를 주고받는 사이, 모든 일행들이 망각의 문을 넘어 혼령의 땅으로 넘어왔다.

그리고 혼령의 탑을 향해 걷는 동안, 아르케인이 몇 가지 탑에 대한 정보들을 이안에게 전해 주었다.

"혼령의 탑은, 총 10층으로 구성되어 있습니다."

"층수가 그렇게 높진 않네요."

"뭐, 탑 콘텐츠치고, 층이 높은 편은 아니죠."

"발러 길드에서는 몇 층 까지 공략에 성공하셨나요?"

"이전에 도전했을 때, 7층에서 막혔었지요."

"아하."

"하지만 그간 연구도 많이 했고 스펙 업도 했으니, 아마 이번엔 저희 전력만으로도 8층은 뚫지 않을까 예상하고 있습니다."

"저랑 훈이가 추가되었으니, 좀 더 높게 잡으시죠."

"물론입니다. 오늘 클리어할 생각이 아니었다면, 애초에 이안 님의 제안을 받지도 않았겠지요."

종종 다양한 괴수들이 등장하던 망각의 심연과 달리, 혼령의 땅에는 개미 새끼 한 마리조차 보이지 않았다.

덕분에 이안과 발러 길드의 일행은 채 10분도 걸리지 않아 탑의 앞에 도착할 수 있었다.

"이곳이 혼령의 탑……."

"이미지와 이름이, 확실히 어울리는 곳이죠."

"다른 주의할 점은 뭐 없습니까?"

"흠……."

이안의 질문에 아르케인은 잠시 턱을 만지작거리며 생각에 잠겼다.

그리고 몇 가지, 추가 정보들을 이안에게 이야기해 주었다.

"우선 6층 정도까지는, 별생각 없이 가셔도 괜찮을 겁니다."

"쉽다는 얘기군요."

"그렇죠."

혼령의 탑을 한 차례 올려다본 아르케인이 다시 입을 열었다.

"하지만 7층부터는 좀 까다로운 녀석들이 등장합니다."

"어떤……?"

"이름 앞에 '명왕의'라는 수식어가 붙은 강력한 몬스터들이죠."

"……?"

"명왕의 해골병사라든가 명왕의 호위궁수라든가……."

"아하?"

"특히 명왕의 기사들은, 진짜 강력합니다. 겉보기만 초월 1레벨이지, 능력치는 최소 50레벨쯤 된다고 생각하시는 게 좋지요."

아르케인은 이안과 훈이에게 몇 가지 정보들을 추가로 더 이야기해 주었다.

그 내용은 제법 길었지만, 결국 정보들만 요약하자면 다음과 같았다.

1. 혼령의 탑은 총 10층까지 존재한다.

2. 탑의 각 층에는 다섯 개의 '혼령의 제단'이 존재하며, 시간 내에 이 다섯 개의 제단에 전부 '혼령의 불'을 붙여야 다음 층으로 가는 문이 열린다.

3. 혼령의 불은 '혼령의 횃불'을 사용하여 각 제단에 붙일 수 있으며, '혼령의 횃불'은 한 사람만이 사용할 수 있다.

4. 탑의 한 개 층을 클리어할 때마다, 한 사람당 '혼령의 구슬' 아이템을 하나씩 획득할 수 있다.(아직 어디에 쓰는 물건인지는 알 수 없으며, 혼령의 땅을 벗어나는 순간 소멸된다.)

5. '명왕의'라는 수식어가 붙은 네임드 몬스터들이 7층부터 등장하기 시작하며, 해당 몬스터들은 '명왕의 징표'라는 아이템을 드롭한다.(명왕의 징표 또한 아직 용도를 알 수 없으며, 혼령의 땅을 벗어나는 순간 소멸된다.)

6. 혼령의 땅에선 생명력이 5% 미만으로 떨어질 시, 강제로 망각의 문 바깥으로 소환되며, 24시간 동안 다시 혼령의 땅에 재입장이 불가능해진다.

"음, 혼령의 구슬과 명왕의 징표라…… 혼령의 땅을 나가는 순간 소멸된다는 걸 보면, 이 안에서 어떻게든 사용처가 있는 물건이겠군요."

이안의 이야기에 아르케인이 고개를 끄덕이며 답했다.

"그렇겠지요."

"그리고 높은 확률로 그 사용처가 혼령의 탑 꼭대기에 있겠네요."

아르케인이 다시 한번 고개를 주억거렸다.

"저희도 그렇게 짐작하고 있습니다."

이안은 고개를 들어, 혼령의 탑 꼭대기를 슬쩍 응시했다.

시커먼 안개에 의해 상부가 희미하게 가려져 있는, 기괴한 형태의 혼령의 탑.

한 차례 탑을 훑어 본 이안의 입꼬리는 어느새 슬쩍 말려 올라가 있었다.

'아마도 저 꼭대기에 혼령의 날개가 있을 테고…… 혼령의 보주로 그것을 교환할 수 있도록 되어 있겠지?'

이안은 이 혼령의 탑 콘텐츠의 시스템이, 과거 정령계에서 공략했던 유적들과 비슷할 것이라고 짐작하였다.

그리고 그의 짐작이 맞다면, 이곳에서 혼령의 날개뿐 아니라 많은 고급 장비들도 구할 수 있으리라.

'흐흐, 이거 기대되는데?'

콘텐츠 보상에 대한 생각들로, 한껏 행복 회로를 굴리는 이안!

"자, 그럼 들어가 볼까요?"

아르케인의 말에 상념을 멈춘 이안이, 고개를 끄덕이며 성큼 발을 내딛었다.

"좋습니다, 마스터. 일단 6층까지는, 다이렉트로 뚫어 보죠."

"물론입니다."

이어서 이안과 아르케인을 필두로, 일행들은 망설임 없이 혼령의 탑에 입장하였다.

띠링-!

–파티 리더 '아르케인'이 혼령의 탑에 입장하셨습니다.

–모든 파티원이 동시에 입장해야 하는 필드입니다.

–'혼령의 탑'에 입장하시겠습니까?

–만약 입장을 거부한다면, 파티에서 자동으로 탈퇴됩니다.

……후략…….

그리고 순식간에 30명의 인원을 집어삼킨 혼령의 탑 입구는 다시 고요에 잠기기 시작하였다.

"그러니까 네 말은, 지금 혼령의 땅에 인간 진영의 길드 파티가 들어갔다는 거지?"

"그렇다니까, 사람 말을 참 못 믿는군."

"흐음…… 우리 게스토 길드 외에도, 혼령의 탑의 존재에 대해 아는 길드가 있었다니……."

"너무 자만하는군, 마스터 카브리엘."

"음?"

"우리 길드도, 이미 한 달 전부터 이곳을 공략 중이었다."

"오호, 그래? 어디까지 뚫었는데?"

"그것은 내 제안을 그대가 수락한다면, 그때 하나씩 이야기해 주도록 하지."

게스토 길드의 마스터 카브리엘은 지금 무척이나 흥미로운 표정이었다.

그도 그럴 것이 혼령의 탑 공략을 위해 움직이다가, 생각지도 못했던 인물을 만나 특별한 정보를 얻었으니 말이다.

'뜬금없이 이런 얼간이를 만나게 될 줄이야.'

망각의 심연에 입장하기 전 카브리엘이 만난 인물은, 다름 아닌 발러 길드의 길드원 세르누크.

길드 파티에 합류하지 못해 잔뜩 불만이 쌓인 세르누크를, 우연히 만나게 된 것이다.

물론 세르누크는 아직 자신이 발러 길드의 길드원이라고 이야기하지 않은 상황이었지만, 카브리엘은 이미 충분히 예상하고 있었다.

애초에 망각의 심연 근처까지 접근할 수 있는 인간 진영의 길드라면, 몇 군데 되지도 않았으니 말이다.

심지어 세르누크의 제안은 무척이나 흥미로운 것이었다.

"구체적인 상황까지 얘기해 주고 싶지는 않지만, 난 이제 곧 길드를 떠날 거야."

"뭔가 길드에 불만이 있나 보지?"

"비슷해."

"그래서?"

"내가 저 안에 들어간 길드에 대한 정보를 줄 테니, 그 대가로 데스코인을 줘."

"얼마나……?"

"5만 코인 정도면 얼추 만족할 수 있겠군."

"흐음……."

"너희 입장에서는 결코 손해 볼 일 없는 제안일 거야."

세르누크가 제안한 것은 길드 파티에 대한 정보로 데스코인을 달라는 것이었다.

하지만 이 제안은 단순히 정보 거래의 의미만 있는 것이 아니었다.

적 진영의 길드에게 자신이 속한 길드 파티에 대한 정보를 준다는 것은 완전한 배덕 행위였으니 말이다.

'뭔가 길드에 단단히 불만이 쌓인 모양이군. 어딜 가나 반동분자는 항상 있는 법이지.'

그리고 카브리엘의 입장에선 이 정보가 쓸 만하다면 충분히 5만 코인이라는 가치를 지불할 만하였다.

혼령의 탑에 대한 정보를 바탕으로 인간 진영 상위 길드의 뒤통수를 칠 수 있는 아주 흔치 않은 기회였으니 말이다.

'5만 코인이면 대략 2천만 페소 정도…… 확실히 적은 돈

은 아니지만······.'

1데스코인의 가치는 1차원코인의 가치와 거의 흡사하다.

그리고 카브리엘의 모국인 아르헨티나 기준으로, 1데스코인은 대략 400페소 정도의 가치.

2천만 페소는 한화로 거의 5억에 육박하기 때문에 확실히 적은 돈은 아니었지만, 인간 진영 상위 길드를 털어먹을 수 있다면 5억 정도는 별것 아니라고 할 수 있었다.

"네가 가진 정보의 가치가, 5만 코인이 된다고 생각하는 건가?"

"물론. 충분히 그 배 이상의 가치라고 확신한다."

"네 말을 어떻게 믿지?"

카브리엘의 물음에, 세르누크의 표정이 살짝 구겨졌다.

하지만 그는 다시 침착하게 입을 열었다.

"지금 상황을 생각해 봐. 여긴 나 혼자야."

"그래서?"

"내가 허튼수작을 부린다면, 곧바로 이 자리에서 죽겠지."

잠시 세르누크를 응시하던 카브리엘은 천천히 고개를 끄덕였다.

그의 말이 어느 정도는 일리가 있었으며, 5만 코인이라는 액수가 길드 차원에서 볼 때에는 그리 큰돈도 아니었으니 말이다.

"좋아. 그럼 어디 한번 얘기를 들어 보도록 하지."

"잘 생각했어."

"만약 쓸모없는 이야기라면, 이 자리에서 바로 목을 날려 버릴 테니 조심하라고."

카브리엘의 협박에 세르누크의 표정이 다시 구겨졌지만, 그렇다고 그의 입장에서 어쩔 수 있는 상황도 아니었다.

게스토 길드의 앞에 나타난 순간, 그는 이미 기호지세였으니 말이다.

"후우, 그럼 얘기해 볼까?"

하여 그렇게 시작된 세르누크의 이야기.

"그러니까 지금 상황이 어떻게 된 거냐 하면……."

그리고 그 얘기가 이어질수록, 카브리엘의 표정은 시시각각 변하기 시작하였다.

로터스에는 세계 랭킹 1위의 길드답게, 이안 말고도 수많은 강자들이 포진해 있다.

레미르, 유신, 레비아 등, 전 세계를 기준으로 놓고 봐도 손에 꼽힐 만한 랭커들이 열 명도 넘게 있으니 말이다.

하지만 이안은 그중에서도, 훈이 하나만을 명계에 데리고 왔다.

그리고 그러한 이안의 선택에는 몇 가지 이유가 있었다.

첫째.

훈이는 '언데드'에 관한 한, 그 어떤 길드원보다도 가장 많은 정보를 가지고 있다.

어둠 소환술의 연구가 곧 언데드 연구나 다름없었고, 사실상 명계에 존재하는 수많은 언데드들에 대한 정보가 거의 훈이의 머릿속에 정리되어 있었으니, 명계 공략에 훈이만큼 도움이 될 만한 인물은 없었던 것이다.

게다가 훈이는 로터스 길드원들이 정령계 콘텐츠를 진행하는 동안에도, 가장 많이 명계에 머물렀던 유저이기도 하였다.

물론 언데드에 대한 연구가 그 이유였고 말이다.

'확실히 훈이와 함께라면, 정보 부족으로 인한 변수를 많이 줄일 수 있겠어.'

그리고 이안이 훈이를 콕 찍어서 데려온 두 번째 이유는, 어쩌면 첫 번째 이유와 비슷한 맥락이지만, 훈이의 개인적인 스펙 업 때문이기도 하였다.

한때 랭커들 중에도 류첸을 제외한다면, 비교할 만한 인물이 없을 정도로 최강의 흑마법사였던 훈이.

물론 아직도 훈이의 스펙은 세 손가락에 꼽을 정도로 강력했지만, 그래도 이제 많은 흑마법사 랭커들이 훈이를 바짝 추격하고 있는 게 사실이었다.

흑마법사는 사실 명계의 콘텐츠를 진행할 때 얻을 수 있는 이득이 가장 많은 직업군이었는데, 그동안 로터스 길드가 정령계에 집중하다 보니, 상대적인 손해를 볼 수밖에 없었던 것이다.

물론 훈이는 그에 대해 어떤 불만도 이야기한 적이 없지만, 그것이 항상 미안했던 이안이었다.

'혼령의 날개와 관련된 콘텐츠를 할 때라도, 훈이가 이득을 볼 수 있게 해 줘야지.'

그리고 마지막 세 번째 이유, 이것은 사실 훈이를 데려온 이유라기보다 훈이'만' 데려올 수밖에 없었던 이유라고 할 수 있었다.

이안은 원래 훈이 말고도 꼭 데려오고 싶었던 인물이 하나 더 있었으니 말이다.

'레비아 님을 데려오지 못한 게, 아직도 너무 아쉽단 말이지.'

훈이가 언데드에 대해 가장 빠삭한 인물이라면, 언데드를 상대로 가장 강력한 전투력을 보여 줄 수 있는 인물인 레비아.

그녀 또한 세계적으로 손에 꼽을 만큼 최상위권의 사제 랭커였고, 때문에 그녀가 있었다면 모든 콘텐츠가 훨씬 더 수월했을 테니 말이다.

다만 그녀를 데려오지 못하고 훈이만 함께한 이유는 발러 길드의 조건 때문이었다.

발러 길드는 자신들의 콘텐츠를 공유해 주는 대신, 최대한 명만 더 데려오는 것을 조건으로 걸었던 것이다.

사실 이안 외에 한 명을 더 허용해 줬다는 것도 파격적인 부분이었기 때문에, 이안은 여기에 더 토를 달 수 없었다.

'뭐. 아쉬워도 어쩔 수 없지.'

레비아를 데려오지 못한 것은 아쉬웠지만, 그래도 훈이를 데려온 것이 더 나은 선택이었음은 분명했다.

혼령의 탑에 입장하여 본격적으로 콘텐츠를 공략 중인 지금, 훈이는 확실히 밥값(?)을 해 내고 있었으니 말이었다.

"명왕의 병사들이라기에…… 어떤 녀석들인가 했더니."

"음?"

"칠대 명왕 라타르칸의 군단이었군."

"라타르……칸?"

혼령의 탑 7층부터 나타나기 시작한 '명왕의' 수식어를 가진 몬스터들.

녀석들에 대해 무척이나 자세한 정보들을 알고 있었던 것이다.

"형, 뮤칸 기억나지?"

"물론이지."

"라타르칸은, 뮤칸처럼 칠대 명왕 중 하나야."

"오호."

"서열이 누가 더 높은지는 잘 모르겠는데, 역시나 강력한 명왕이지."

"그럼 이 혼령의 탑 끝에, 그 라타르칸이라는 명왕이 있는 건가?"

이안의 물음에, 훈이는 고개를 절레절레 저으며 답하였다.

"음, 그러면 안 돼."

"그게 무슨 말이야. 있을 수도 있지만 그러면 안 된다는 건가?"

"맞아."

"왜?"

"그럼 아마 이 콘텐츠 공략은 실패할 수밖에 없을 테니까."

"……!"

명왕은 강력하다.

그리고 그 강력함을 이안은 누구보다 잘 알고 있었다.

칠대 명왕 중 하나인 뮤칸과 싸워 본 것이, 바로 그였으니 말이다.

'하긴. 뮤칸이 만약 본신의 힘을 다 가지고 있었더라면…….'

이안은 지상계에서 뮤칸을 상대했었다.

그 말인 즉, 그의 초월 권능을 전부 봉인당한 상태에서 싸웠다는 이야기다.

물론 초월 권능이 없는 뮤칸은 상대하지 못할 수준이 아니었지만, 반대로 뮤칸이 가진 초월의 힘이 얼마나 강력할지 가늠할 수 없는 것도 마찬가지였다.

'그리고 같은 칠대 명왕이라면, 라타르칸이라는 녀석도 비

숫한 수준이겠지.'

과거 뮤칸의 강함을 떠올리는 이안을 향해, 훈이의 말이 다시 이어졌다.

"명왕은 말 그대로, 이 명계의 왕 같은 존재야."

"오호……?"

"나도 아직 뮤칸 이후로 명왕을 만나 본 적은 없지만……. 고대서에 따르면 명왕은 반신의 존재라고 했어."

"반신이라……."

"중간자의 위격을 넘어, 절반 정도는 신격을 가진 존재."

"그렇군."

"초월 권능을 전부 사용할 수 있는 명왕이라면, 못해도 찰리스보단 강력할 것이라는 게 내 예상이야."

"충분히 그럴 수 있지."

훈이의 설명을 들은 이안은 자연스레 고개를 주억거렸다.

반신이라는 단어와 신격이라는 말을 들은 순간, 정말 범접하기 힘들 정도로 강력한 힘을 가진 존재 하나가 머릿속에 떠올랐으니 말이다.

'청랑…… 명왕이 그녀와 비슷한 수준의 강자라면, 아무리 발러 길드와 내가 전력을 다 해도 지금은 결코 상대할 수 없겠지.'

이안이 기사 대전을 끝내고 가장 먼저 향했던 콘텐츠.

'근원의 숲'을 지키는 주인이자 '천상호리'라는 특별한 수식어를 가지고 있던 존재.

그녀의 강함을 떠올리면, 훈이의 이야기가 충분히 납득될 수밖에 없었다.

"그럼 일단 명왕은 이곳에 없다고 생각하는 게 속편하겠고……."

"그렇지."

"당장 눈앞에 보이는 이 명왕의 하수인이라는 녀석들은 충분히 상대할 만한 거지?"

지금 이안과 훈이가 위치한 곳은 혼령의 탑 7층의 입구였다.

혼령의 탑 각 층의 입구는 투명한 장막으로 막혀 있었고, 이 장막은 일방통행이었다.

즉, 이안을 비롯한 발러 길드의 원정대는 이 장막 너머로 언제든 입장할 수 있지만, 장막 안쪽에 보이는 명왕의 하수인들은 장막 밖으로 나와 이안들을 공격할 수 없다는 이야기다.

물론 이안 일행들 또한 장막 안으로 들어간 순간, 다시 나오는 것은 불가능했다.

하지만 그와 별개로, 지금은 아무런 위협 없이 내부에 보이는 몬스터들을 분석할 수 있었고, 때문에 7층을 공략하기 전 이안이 훈이에게 명왕의 군대에 대한 정보들을 물은 것이었다.

훈이의 말이 다시 이어졌다.

"기사단장도 아니고 저런 병사 나부랭이들 정도는, 형 창질 몇 번에 그냥 푹 푹 쓰러질 거야."

"그래?"

"다만 주의해야 할 점이 있다면, 모든 명왕의 군대들이 가지고 있는 패시브 고유 능력인 '명왕의 가호' 이건데……."

"명왕의 가호……?"

"내가 기억하기로 라타르칸의 가호는 '죽은 영혼의 사슬'이라는 거야."

훈이의 말이 끝나자, 옆에 있던 아르케인이 놀란 표정으로 입을 열었다.

"오, 훈이 님 말이 맞습니다. 저 녀석들, '죽은 영혼의 사슬'이라는 고유 능력을 쓰더군요."

아르케인의 추임새(?)에 더욱 우쭐해진 표정의 훈이가 말을 이었다.

"죽은 영혼의 사슬은…… 쉽게 말해서 일정 범위 내의, 같은 고유 능력을 가진 모든 '언데드'끼리 생명력을 공유하는 패시브야."

"공유한다고?"

"그러니까 형이 당장 저 앞에 있는 해골병사한테 100만의 대미지를 박아 넣었다고 해도, 그 대미지가 주변에 있는 모든 해골병사들에게 분산되어 들어간단 얘기지."

"오호."

"그리고 이 패시브가 진짜 까다로운 이유가 뭐냐면, 광역기를 무용지물로 만들어 버린다는 점."

"어째서 그렇지?"

"영혼의 사슬로 이어진 존재들은 같은 공격에 중복 피해를 입지 않거든."

"아……?"

"그러니까 해골 열 놈이 대미지 100만짜리 광역기를 맞았을 때."

"열 마리가 전부 십분의 일 토막 난 10만의 대미지밖에 받지 않는다는 소리지?"

"정확해."

훈이의 설명을 듣던 아르케인과 올리버는 저도 모르게 고개를 끄덕였다.

그가 설명하기 전에는 영혼의 사슬이, 단순히 대미지 감소 패시브인 줄로만 알았던 것이다.

"아, 그래서……."

"그냥 대미지 감소 고유 능력이 아니었군."

그 둘 또한 최상위급 랭커였기에 훈이의 설명을 곧바로 전부 이해하였고, 영혼의 사슬에 대한 이해도가 생긴 순간 파훼법도 곧바로 떠올랐으니 말이다.

그리고 그것은 이안 또한 마찬가지였다.

"오호, 그럼 훈아."

"응?"

"한 놈만 가둬 놓고 미친 듯이 패면, 범위 내에서 사슬을 공유하는 명왕의 병사들을, 순식간에 싹 다 죽여 버릴 수도 있겠네?"

"어, 그, 그런 셈이지?"

훈이는 잠시 어이없는 표정이 되었지만, 곧 이안의 표현을 납득해 버리고 말았다.

'좀 과격하긴 하지만, 틀린 말도 아니긴 하네.'

확실히 이 죽은 영혼의 사슬 파훼법은 가장 강력한 단일 기술을 한 녀석에게 집중적으로 꽂아 넣는 것이었으니 말이다.

"그럼 슬슬 공략해 볼까?"

"아니, 한 가지. 주의할 점이 한 가지 더 있어."

"뭔데?"

훈이의 말에 이안을 비롯한 세 사람의 시선이 다시 한데 모였고, 훈이의 입이 다시 떨어졌다.

"공유 받은 피해로는, 생명력을 10% 미만까지 떨어뜨릴 수 없다는 점이야."

"아⋯⋯!"

"그러니까 한 그룹의 전체적인 생명력이 최저치까지 떨어진 시점에서는 결국 개별 처치를 해야 된단 말이지."

"그렇군."

훈이의 말을 머릿속으로 싹 정리한 이안은 한쪽 입꼬리를 슬쩍 말아 올렸다.

어떤 식으로 명왕의 군대를 공략해야 할지, 완벽히 가닥이 잡혔으니 말이다.

옆에 있던 아르케인 또한 감탄한 표정으로 중얼거리듯 입을 열었다.

"우리가 고전했던 데에는, 확실히 이유가 있었군."

"그러게. 역시 정보가 중요하단 말이지."

그리하여 마지막으로 모든 길드원들과 한 차례 이야기를 나눈 아르케인은 다시 7층의 관문 앞에 선두로 다가섰다.

"자, 그럼 이안 님. 순식간에 뚫어 보도록 하죠."

"후후, 의욕적이십니다?"

"정보 없이도 공략에 성공했던 관문인데…… 사슬에 대한 정보를 얻은 이상, 뚫는 것은 일도 아니지요."

아르케인의 말에 양손에 심판대검을 꺼내 든 이안은 고개를 끄덕이며 한 걸음 내딛었다.

"그럼, 시작해 보죠."

그리고 그것을 시작으로.

척- 처척-.

타탓-!

아르케인을 비롯한 모든 원정대의 인원들이 일제히 7층의 관문을 향해 뛰어들었다.

혼령의 탑을 공략하는 데 있어서, 가장 핵심이 되는 개념은 바로 '혼령의 횃불'이었다.

혼령의 탑 1층에 들어설 때 필수적으로 가지고 입장해야 하는, 파티원 중 오직 한 사람만 들 수 있는 특별한 이벤트 아이템.

결국 각 층을 돌파하기 위해선 정해진 위치에 이 횃불로 불을 붙이면 되는 것이었으니, 혼령의 횃불을 든 유저가 공략의 핵심이 될 수밖에 없는 것이다.

그리고 이안과 발러 길드의 파티에서 이 중요한 역할을 맡은 인물은, 다름 아닌 발러 길드의 마스터 아르케인이었다.

"마스터를 엄호하라!"

"서쪽 스팟부터 먼저 공략한다!"

물론 피지컬이든 퀘스트 공략 능력이든 이안이 아르케인보다 더 좋을 수는 있다.

하지만 적어도 이 혼령의 탑 콘텐츠에서 만큼은, 아르케인보다 이안이 능숙하기 힘들었다.

아르케인은 이미 길드 파티와 함께 여러 번 혼령의 탑을 트라이한 상태였고, 이안은 이번이 완전한 초행길이었으니 말이다.

"올리버."

"응?"

"나랑 훈이가 좌측 복도를 맡을게. 네가 마스터를 바짝 따라붙어 줘."

"오케이."

대신 이안과 훈이에게는 파티 내에서 거의 프리 롤이 주어졌다.

이미 잘 짜인 톱니바퀴처럼 일사분란하게 굴러가는 발러 길드의 원정대 안에서, 이안과 훈이가 굳이 그들의 규칙과 오더 안에 갇히는 것보다는, 오히려 자유롭게 움직이며 따로 활약해 주는 것이 전력에 훨씬 더 큰 도움이 될 것이라고 아르케인은 판단한 것이다.

그리고 난이도가 더 어려워질수록, 아르케인의 그러한 판단이 옳았다는 것은 여실히 증명되고 있었다.

고오오오-!

이안과 훈이는 각자 본신의 전투력도 뛰어났지만, 그와 별개로 수많은 강력한 소환수들을 운용하는 클래스를 가지고 있었으니.

둘이 본격적으로 움직이기 시작하자, 최소 길드원 10인분 이상의 능력을 보여 줬던 것이다.

길드원 대여섯이 달라붙어도 버겁게 느껴지던 명왕의 병사들 한 개 소대를, 이안과 훈이 두 사람은 어렵지 않게 커버한 것이다.

"한 10분 정도만 애들 묶어 놓으면 되겠지?"

"음? 굳이 그럴 필요가 있나?"

"그게 무슨 말이야."

"그냥 다 잡으면 되잖아."

"음, 쉽진 않겠지만, 역시 그게 더 깔끔하겠네."

일반적으로 발러 길드에서 혼령의 탑 상층부를 공략할 때 사용하던 방식은, 강력한 몬스터들의 어그로를 사방으로 분산시키면서 최대한 빨리 다섯 개의 제단에 불을 붙이는 것이었다.

특히나 '명왕의'라는 수식어를 가진 네임드 몬스터들의 경우, 특수한 고유 능력과 함께 1레벨이라고 믿을 수 없는 강력한 전투 스텟을 가지고 있었으니.

이들을 정면으로 상대하는 것보다는 어떻게든 시간을 끌어내면서, 빠르게 다섯 개의 불을 붙이는 것이 오히려 정공법처럼 여겨지고 있었던 것이다.

하지만 이 방식에는 당연히 리스크가 있었다.

결국 모든 불을 붙이기 전에 명왕의 군대를 막아 내던 사이드가 한쪽이라도 터져 버린다면, 그대로 모든 진형이 와해되면서 공략에 실패하게 되었으니 말이다.

'공략법을 아는 마당에, 굳이 그런 리스크를 안고 갈 필요가 없지.'

복도를 따라 밀려드는 명왕의 병사들을 확인한 이안은, 씨익 웃으며 심판 검을 치켜들었다.

이어서 훈이를 향해, 낮은 목소리로 입을 열었다.

"훈이, '소울 브레이커' 가지고 있지?"

"있지. 그건 왜?"

"저기서 제일 방어력 약한 놈이 누굴까?"

"아마도 활 든 궁수들이겠지?"

"한 놈 골라서 걸어 줘."

"알겠어."

이안의 말이 끝나기가 무섭게, 훈이의 양손에서 칠흑같이
시커먼 기운이 흘러나오기 시작하였다.

이어서 훈이의 완드를 타고 뻗어 나온 그 어둠의 기운은,
명왕의 군대 사이로 빠르게 쏘아져 나갔다.

그리고 그 이펙트를 확인한 명왕의 병사들이, 스산한 목소
리로 입을 열었다.

-스하아아……! 어둠의 마법사다!

-어둠의 마법사가 라타르칸 님을 적대하다니……!

-배덕자를 죽여라!

소울 브레이커는 사실 고유 능력이나 마법, 스킬 같은 종
류의 것이 아니었다.

지금 훈이의 목에 걸려 있는 해골 문양의 목걸이가 바로,
'소울 브레이커'라는 이름을 가진 아이템이었으니 말이다.

소울 브레이커

죽음의 기운을 담은 고대 리치 킹의 유산입니다. 어둠의 마력을 이용해 이 소울 브레이커를 사용한다면, 원하는 대상 하나의 영혼을 파멸에 이르게 할 수 있습니다.(재사용 대기시간 : 180초)(모든 전투 능력 −70%)

*소울 브레이커를 사용하는 동안, 시전자는 아무런 행동도 할 수 없습니다.

*시전자의 자세가 조금이라도 흐트러진다면, 소울 브레이커는 해제됩니다.

*'소울 브레이커' 효과의 최대 지속 시간(10초)은, 대상의 '어둠 저항력'에 비례하여 감소합니다.

*'보스' 타입의 몬스터에게는 소울 브레이커의 효과가 절반만 적용됩니다.

보통 소울 브레이커는 강력한 보스를 상대할 때 많이 사용하는 디버프 아이템이었다.

보스 타입의 몬스터에게 디메릿이 존재함에도 불구하고, 모든 전투 능력 디버프량이 어마어마한 수준이었으니 말이다.

물리, 마법 공격력을 깎을 뿐 아니라 방어력 감소에 둔화 효과까지 있었으니, 소울 브레이커를 걸어 둔 동안 공격을 집중시키면 보스에게 적지 않은 타격을 입힐 수 있었으니까.

그 때문에 해골병사에게 소울 브레이커를 사용하는 훈이는 조금 묘한 기분이 들었다.

'이걸 이런 식으로 사용해 보기는 또 처음이네.'

물론 이안의 의도가 무엇인지는 바로 이해했기 때문에 군

말 없이 아이템을 작동시켰지만 말이다.

> –'명왕의 해골병사'에게 '소울 브레이커'를 사용하였습니다.
> –'명왕의 해골병사'가 '영혼의 속박' 상태에 빠집니다.
> –'명왕의 해골병사'의 물리 공격력이 70%만큼 감소합니다.
> –'명왕의 해골병사'의 마법 공격력이 70%만큼 감소합니다.
> –'명왕의 해골병사'의 물리 방어력이 70%만큼 감소합니다.
> ……중략……
> –'영혼의 속박' 상태를 유지하는 동안 어떠한 행동도 할 수 없습니다.

훈이의 손에서 뻗어 나온 짙은 어둠의 소용돌이가, 활을 든 명왕의 병사 하나를 휘감아 옥죄기 시작하였다.

그리고 '영혼의 속박' 효과가 발동된 바로 다음 순간, 양손에 심판 검을 쥔 이안이 할리의 등에 오른 채 쏜살같이 전장으로 뛰어들었다.

타탓–!

이어서 훈이의 옆에 있던 이안의 소환수.

'엘'의 양손이 하얗게 물들었다.

"타락한 그대의 영혼을, 빛으로 씻어 내리라……!"

화르륵–!

빛의 드래곤인 엘카릭스는 수많은 '빛' 속성의 마법을 사용할 수 있다.

'마법의 일족' 고유 능력을 통해 지금까지 강력한 빛의 마법들을 많이 습득해 두었으니 말이다.

물론 마법사나 사제 클래스 랭커들보다야 마법의 다양성이나 위력이 떨어질 수밖에 없었지만, 그래도 어지간한 유저 레벨은 한참 뛰어넘는 수준.

팟 파파팟—!

엘의 손을 떠난 새하얀 다섯 개의 섬광이 해골병사의 심장을 정확히 관통하고 지나갔고, 그 순간 이안의 눈앞에 새로운 시스템 메시지가 떠올랐다.

띠링—!

—소환수 '엘카릭스'의 마법, '빛의 섬전'이 발동하였습니다.

—'명왕의 해골병사'에게 치명적인 마법 피해를 입혔습니다!

—명왕, '라타르칸'의 가호, '죽은 영혼의 사슬' 효과가 발동합니다.

—'명왕의 해골병사'에게 입힌 피해가 분산됩니다.

—'명왕의 해골병사'의 생명력이 82만큼 감소합니다.

—'명왕의 해골병사'의 물리, 마법 방어력이 7%만큼 감소합니다.

—'명왕의 해골병사'의 생명력이 61만큼 감소합니다.

—'명왕의 해골병사'의 물리, 마법 방어력이 7%만큼 감소합니다.

······후략······.

엘이 사용한 빛의 섬전은 제법 강력한 빛 속성 공격 마법이었다.

하지만 망각의 저주 효과로 인해 초월 1레벨이 된 엘이 사용한 데다 사슬로 인한 대미지 분산까지 적용되니, 두 자리 숫자라는 귀여운 대미지가 발생한 것이다.

하지만 애초에 빛의 섬전으로 딜을 하려는 것은 아니었기 때문에, 이안은 전혀 동요하지 않았다.

대신 마지막 섬전이 해골병사를 관통한 바로 그 순간, 마치 그 빛을 따라 빨려 들어가기라도 하듯, 할리를 타고 날아든 이안의 심판 검이 해골병사의 심장에 틀어박혔다.

콰득-.

소울 브레이커에 빛의 섬전으로 인한 방어력 감소 중첩 효과까지.

방어력 감소 효과가 100%에 수렴하는 그 찰나의 순간.

이안의 무지막지한 공격이 해골병사의 뼈 갑옷을 뚫고 쏟아져 들어간 것이다.

콰콰콰쾅-!

그리고 커다란 파열음이 터져 나온 바로 그 순간, 이안의 눈앞에는 간결한 세 줄의 메시지가 추가로 떠올랐다.

-'명왕의 해골병사'의 생명력이, 19,250만큼 감소합니다.

-'명왕의 해골병사'의 생명력이 전부 소진되었습니다.

-'명왕의 해골병사'를 성공적으로 처치하셨습니다!

마치 죽은 영혼의 사슬로 인한 대미지 분산 효과를 비웃기라도 하듯, 버프와 디버프를 극한으로 중첩시킨 한 방의 공격으로 해골병사 하나를 그대로 터뜨려 버린 이안.

모든 생명력을 잃은 해골병사는 그 자리에서 뼛가루가 되어 주저앉아 버렸고.

후두두둑ㅡ.

멀찍이서 그 광경을 본 발러 길드의 길드원들은 두 눈을 의심할 수밖에 없었다.

"뭐, 뭐야……! 한 방에 터졌어!"

사실 아무리 네임드라 해도, 상대는 고작 해골병사 하나일 뿐이다.

그리고 해골병사를 한 방에 부수는 정도는 어느 랭커나 할 수 있는 것.

하지만 '죽은 영혼의 사슬'로 인한 대미지 감소 효과가 어느 정도인지를 잘 알고 있는 발러 길드의 길드원으로서는, 어이가 없는 상황일 수밖에 없었다.

"대체 무슨 짓을 한 거지?"

그리고 발러 길드원들의 놀람은 거기서 끝이 아니었다.

펑ㅡ 퍼펑ㅡ!

콰콰쾅ㅡ!

명왕의 병사들 사이로 헤집고 들어간 이안이, 미친 듯이 해골병사들을 쓸어 버리기 시작했으니 말이다.

'죽은 영혼의 사슬'로 인해, 사슬로 이어진 모든 해골병사들의 생명력이 10%까지 떨어졌기에 가능한 퍼포먼스.

하지만 이안과 훈이의 대화를 바로 옆에서 들은 몇몇 길드원을 제외하고는 '죽은 영혼의 사슬'의 메커니즘을 제대로 이해하지 못하였고, 때문에 그들의 눈에 이안의 활약은 버그가 아닌지 의심될 수준이었다.

"한 개 소대를 저렇게 간단히 파괴하다니……."

"괴물……!"

그리고 이안의 그러한 활약에 힘입어, 발러 길드의 원정대는 손쉽게 7층의 관문을 통과할 수 있었다.

띠링-!

-파티 리더 '아르케인'이 다섯 번째 제단에 불을 붙였습니다!

-조건이 충족되었습니다!

-'혼령의 제단 7층'을 성공적으로 공략하셨습니다!

-'혼령의 제단 7층'에 존재하는 모든 몬스터들이 소멸됩니다.

……중략……

-클리어 등급 : SS

시스템 메시지를 확인한 발러 길드의 길드원들은 대부분 묘한 표정이 되어 있었다.

'이게 이렇게 쉬운 난이도였나……?'

손쉽게 7층을 통과한 것은 물론 고무적인 일이었지만, 그것과 별개로 지난 고생이 뭔가 허탈해진 것이다.

하지만 허탈감보다는 혼령의 탑을 정복할 수 있을지도 모른다는 희망이 모두에게 더 크게 다가왔고, 때문에 발러 길드원들의 표정은 점점 더 밝아지기 시작하였다.

"좋았어! 이대로면 10층까지도 충분하다고!"

"이 지긋지긋한 혼령의 탑도 오늘까지야!"

하지만 지금 이 순간, 이 원정대 안에서 가장 행복(?)한 유저는 따로 있다고 할 수 있었다.

'크흐흐, 역시 이안갓……!'

이안과 함께 명왕의 병사들을 쓸어 담으면서, 벌써 열 개도 넘는 명왕의 징표를 손에 넣은 한 사람.

'분명해. 이걸 갖고 혼령의 탑 정상에 오른다면, 최소 명왕 셋이나 혼령 셋을 얻을 수 있을 거야.'

그는 다름 아닌 이안의 추종자(?) 훈이였다.

차원 전쟁이 끝난 직후, LB사의 기획팀은 오랜만에 여유라는 것을 가질 수 있었다.

차원 전쟁 종료에 맞춰 상위 콘텐츠 기획 개발이 거의 끝난 데다, 큰 에피소드가 하나 마무리되어 그런지 특별한 이

슈가 추가적으로 생겨나지 않았으니 말이다.

그 덕분에 오랜만에 주말다운 주말을 보내고.

월요일 아침, 개운한 마음으로 출근한 기획 3팀의 대리 유아영.

"자, 월요일 아침이니까…… 데이터부터 한번 뽑아 볼까?"

그녀의 첫 주간 업무는 혼령의 탑 콘텐츠 진행도를 점검하는 것이었다.

혼령의 탑은 명계의 콘텐츠들 중에서도 무척 중요한 콘텐츠 중 하나였고, 때문에 1주일에 한 번은 꼭 진행 데이터를 뽑아 보도록 되어 있었으니 말이다.

"어디 보자…… 오늘은 뭔가 변화가 있으려나?"

현재까지 혼령의 탑을 공략한 길드는 전 서버 모든 길드를 통틀어 딱 두 곳이었다.

지금 이안과 함께 공략 중인 인간 진영의 발러 길드와, 가장 먼저 이곳을 찾아 공략 중이었던, 마족 진영의 게스토 길드.

그리고 이 두 길드 중 게스토 길드가, 발러 길드에 비해 조금 더 진행도가 높다고 할 수 있었다.

이안과 함께하기 전까지 8층에 막혀 있던 발러 길드와 달리, 게스토 길드는 9층도 거의 뚫은 상태였으니 말이다.

"신기하네. 게스토 길드가 발러 길드보다 더 진행도가 높다니……."

서버 데이터를 확인한 유아영은 살짝 놀란 표정이 되었다.

내부 데이터상으로 보나 유저 인지도상으로 보나, 게스토 길드보다는 발러 길드의 전력이 한 급 정도 높았는데.

콘텐츠 진행도는 오히려 게스토 길드가 높았으니, 의아할 수밖에 없는 것이다.

그리고 그런 그녀의 놀란 목소리에, 근처에서 서류를 뽑고 있던 나지찬이 피식 웃으며 대꾸하였다.

"당연한 결과야."

"어째서요?"

"게스토 길드의 마스터가, '카브리엘'이니까."

"……?"

게스토 길드의 길드마스터이자, 마족 진영 최강의 흑마법사 중 한 명인 카브리엘.

게스토 길드는 칼데라스나 천웅, 다크블러드 등의 마족 최상위 길드들에 비해 한 급 떨어지는 길드였지만, 카브리엘만큼은 그렇지 않았다.

같은 흑마법사 계열의 클래스를 가진 천웅 길드의 마스터 '류첸'과 비교하더라도, 카브리엘의 능력은 크게 뒤처지지 않았으니 말이다.

카브리엘은 평소 유저들 사이에서, 훈이와 동급. 혹은 그 이상으로 분류되는 흑마법사였다.

"카브리엘은 흑마법사고, 그의 데스나이트 '가젤'이 라타르칸의 기사단 중 하나거든."

"아⋯⋯."

"혼령의 탑을 지키는 군대가 라타르칸의 군대니까. 카브리엘만큼 이 콘텐츠를 쉽게 파훼할 수 있는 인물도 없을 수밖에."

훈이가 명왕 라타르칸에 대한 정보를 알고 있다면, 카브리엘은 라타르칸의 군대들까지 빠삭하게 꿰고 있었다.

훈이가 부리는 어둠의 소환수들 중에는 라타르칸의 권속이 없었지만, 카브리엘에게는 '데스 나이트 가젤'이라는 라타르칸의 최고 권속 중 하나가 소환수로 존재했으니 말이다.

그리고 이것이, 비교적 떨어지는 길드 전력에도 불구하고, 게스토 길드가 혼령의 탑 9층까지 뚫을 수 있었던 비결이었다.

훈이 덕에 죽은 영혼의 사슬에 대한 정보를 얻을 수 있었던 발러 길드와 달리, 게스토 길드는 첫 공략 때부터 사슬의 파훼법을 알고 있었으니 말이다.

나지찬의 정보력(?)에 당황한 유아영이 어이없는 표정으로 입을 열었다.

"아니, 팀장님은 무슨⋯⋯ 유저 개개인이 보유 중인 소환수까지 달달 꿰고 계신 거예요?"

"하하, 그 정돈 아니야."

"아니긴 뭘 아니에요."

"매일 데이터 수집하고 분석하다 보면, 카브리엘 정도급 최상위 랭커 정보는 알기 싫어도 알 수밖에 없더라고."

"괴물……."

유아영은 절레절레 고개를 저으며, 계속해서 서버데이터들을 읽어 내려가기 시작하였다.

방금 확인한 것은 층별 클리어 정보일 뿐이었고, 이제 세부 데이터는 따로 확인해야 했으니 말이다.

하지만 모니터의 스크롤을 내리던 아영은 순간 멈칫할 수밖에 없었다.

띠링-!

–새로운 데이터가 추가되었습니다.
–데이터를 갱신하시겠습니까? Y/N

갑자기 모니터에 팝업 메시지가 뜨면서, 데이터 갱신 알림이 도착했으니 말이다.

"음? 데이터 갱신……?"

아영은 살짝 놀랐지만, 별생각 없이 Y 버튼을 클릭하였다.

데이터 열람 중에 신규 데이터가 갱신되는 것은, 흔히 있는 일이었으니 말이다.

하지만 다음 순간.

"어……?"

갱신된 데이터를 확인한 아영은 놀랄 수밖에 없었다.

"왜 그래, 유 대리."

"클리어 데이터가 갱신됐어요, 팀장님."

"응……?"

분명 방금 전까지만 해도 7층이었던 발러 길드의 최대 클리어 기록이, 갱신된 데이터를 받고 나자, 8층으로 바뀌어 있었으니 말이다.

"발러 길드가 방금 8층을 뚫었나 봐요."

"오호, 그래?"

"이러면 지금 9층에 도전하기 시작했다는 말이죠?"

아영의 질문에, 나지찬은 고개를 끄덕이며 답하였다.

"그렇겠지. 실시간으로 트라이하고 있는 게 아니라면, 데이터가 지금 갱신될 이유가 없으니까."

나지찬은 흥미로운 표정이 되었다.

발러 길드에서 8층을 뚫는 것은 최소 다음 주의 일일 것이라고 생각했었는데, 그의 생각보다 훨씬 빨리 클리어 데이터가 날아왔으니 말이다.

'호오, 실시간 데이터라…… 이거 재밌는데?'

하여 흥미를 느낀 나지찬은 정리하던 서류를 한쪽에 밀어 두고 유아영의 옆으로 다가갔다.

"유 대리, 모니터링해 보자."

"발러 길드요?"

"그래. 9층 트라이 영상은 좀 보고 싶네."

"알겠어요, 팀장님. 잠시만요."

나지찬은 아영의 옆에 의자를 가져와 앉았고, 그동안 유아영은 듀얼 모니터를 세팅하였다.

듀얼 모니터에 모니터링실 데이터를 스트리밍하면, 굳이 모니터링실까지 가지 않아도 실시간으로 원하는 유저를 모니터링할 수 있었으니 말이다.

그리고 천천히 켜지는 모니터 화면에 고정된 나지찬의 두 눈은 흥미로 반짝이고 있었다.

'어차피 오늘 9층을 뚫지는 못하겠지만…… 그래도 어떻게 공략하는지는 궁금하잖아?'

유아영이 세팅한 듀얼 모니터에, 새하얀 글씨들이 주르륵하고 흘러 내려갔다.

유아영이 스트리밍으로 불러온 유저는 발러 길드의 마스터인 아르케인이었고, 카일란의 유저 숫자가 워낙 많았기 때문에, 그의 정보를 불러오는 동안 잠깐의 딜레이가 걸린 것이다.

—유저 '아르케인'의 정보를 수집합니다.

……중략……

—유저 '아르케인'의 플레이 화면을 스트리밍합니다.

그런데 잠시 후.

피이잉-!

아르케인의 플레이 화면이 모니터에 떠오른 순간, 유아영과 나지찬은 동시에 헛바람을 집어삼킬 수밖에 없었다.

"헛!"

"커헉!"

분명 발러 길드의 마스터인 아르케인의 플레이 화면을 스트리밍했음에도 불구하고, 스크린에 생각지도 못한 인물의 얼굴이 떠올랐으니 말이었다.

"저 꼬마, 훈이 아니에요?"

"쟤, 쟤가 왜 여기 있는 거지?"

"그, 그러게요."

"뭐야, 유저 잘못 서칭한 거 아냐? 오류 아니야?"

"오류는 아닌 것 같아요, 팀장님. 저쪽에 길드 문양은 분명히 발러 길드의 문양이에요."

"그러네. 저기 올리버도 있네."

하지만 그들의 놀람은 거기서 끝이 아니었다.

"미친⋯⋯!"

훈이를 대문짝만하게 비추던 아르케인의 시야가, 이번에는 또 다른 낯익은 인물의 모습을 비추기 시작했으니 말이었다.

"이, 이안⋯⋯!"

그리고 그 둘의 존재를 확인한 나지찬은 그제야 지금의 상황이 이해되기 시작하였다.

'역시! 생각보다 빨리 깼더라니……!'

이안과 훈이의 도움을 받은 것이라면, 발러 길드가 곧바로 8층을 클리어한 것이 충분히 이해되었으니 말이다.

'훈이 정도면 충분히 라타르칸의 권능에 대해 알고 있겠지. 거기에 이안까지 가세했다면…….'

그리고 생각이 거기까지 미치자, 나지찬은 저도 모르게 식은땀을 흘릴 수밖에 없었다.

어쩌면 8층이 뚫린 것이 문제가 아니라, 여기서 혼령의 탑이 정복될지도 모른다는 생각이 들었으니 말이다.

'9층의 난이도가 8층이랑 비교도 안 되는 수준이긴 하지만…… 어쩌면 여기서 뚫릴 수도 있겠어.'

–쾅–콰쾅–!
–위이잉–! 우우웅–!

화려한 이펙트가 난무하는 모니터를 응시하는 나지찬의 두 동공이 가늘게 떨리기 시작하였다.

지금 이 순간 나지찬의 머릿속에는 혼령의 탑이 정복되는 순간 연계될 수많은 이슈들이 동시다발적으로 떠오르고 있었다.

세르누크의 이야기는 약 10여 분 정도 이어졌다.

　그리고 그의 이야기가 이어질수록, 심드렁하던 카브리엘의 표정은 점점 더 흥미롭게 변할 수밖에 없었다.

　'이거…… 생각했던 것보다 대박인데?'

　사실 처음 세르누크의 이야기가 시작되었을 때, 카브리엘은 그로부터 얻을 수 있는 정보가, 끽해야 발러 길드 원정대의 구성과 혼령의 탑 공략에 대한 정보 정도일 것이라고 생각하고 있었다.

　발러 길드의 길드원인 세르누크는 자신들이 혼령의 탑 진행도가 발러 길드보다 낮으리라 생각할 테고, 때문에 세르누크가 팔고자 하는 정보가, 탑 공략에 관련된 것들 위주일 것이라고 생각했으니 말이다.

　카브리엘은 애초에 발러 길드가 자신들보다 혼령의 탑에 대한 정보를 많이 가지고 있을 것이라고 생각지 않았고, 이것이 그가 심드렁했던 가장 큰 이유였던 것.

　하지만 막상 세르누크의 이야기를 들어 보니, 카브리엘의 그 예상은 완전히 빗나간 것이었다.

　세르누크는 카브리엘이 생각했던 것보다 혼령의 탑 공략법에 대한 정보를 잘 알지 못했으며, 때문에 그가 게스토 길드에게 넘기려는 정보는 혼령의 탑 공략에 대한 이야기 위주가 아니었던 것이다.

"그러니까…… 지금 발러 길드의 원정대가 입장한 지 1시간 정도가 지났고."

"맞아."

"그 원정대에 로터스 길드의 랭커인 이안과 간지훈이가 포함되어 있다는 거지?"

"그렇다니까."

"후후, 재미있군. 재밌어."

세르누크가 카브리엘에게 준 정보들은, 거의 발러 길드 랭커들의 개인 정보에 관련된 것들이었다.

그러니까 세르누크가 전달하는 정보의 초점은 '발러 길드 원정대 상대법'에 가까웠던 것이다.

"이런 정보를 우리에게 넘기는 이유는…… 우리가 저 안에 들어간 원정대를 박살 내길 원하기 때문이겠지?"

"정확해."

"발러 길드의 정예 멤버에, 이안과 간지훈이까지……. 너는 우리가 그 전력을 상대로, 이길 수 있다고 보는 건가?"

"내가 정보를 줬으니까."

"후후."

"그리고 지금은…… '조금' 특별한 상황이니까."

세르누크가 말하는 특별한 상황이란 발러 길드가 혼령의 탑 안에 들어간 지금의 상황을 의미하는 것이었다.

세르누크가 경험한 혼령의 탑은 결코 호락호락한 곳이 아니었고, 때문에 이안이 포함되었다고 한들 한 번에 이곳을 공략해 낼 수 있을 것이라 생각지 않았던 것이다.

　아마 발러 길드의 원정대가 7층에 진입할 시점이 되면, 생명력이 바닥까지 떨어진 길드원이 하나씩 탑 바깥으로 튕겨 나올 것이고, 카브리엘과 게스토 길드는 그렇게 튕겨 나온 발러 길드의 길드원들을 하나씩 주워 먹으면 되는 상황이었으니 말이다.

　그리고 누구보다 혼령의 탑에 대해 잘 알고 있는 카브리엘 또한, 세르누크와 생각이 크게 다르지 않았다.

　"크크. 이거 생각보다 재밌는 거래가 되었군."

　만약 세르누크의 정보가 100% 확실한 사실이라면, 오늘 발러 길드의 혼령의 탑 원정대에 포함된 모든 유저들은 단 한 사람도 몸 성히 돌아갈 수 없을 것이었다.

　"좋아. 네놈 말이 사실이라면, 5만 코인 정도는 아낌없이 지불하도록 하지."

　"후후, 금방 들통 날 거짓말을 할 정도로…… 내가 어리석은 사람은 아니라고."

　고개를 끄덕인 카브리엘은 즉석에서 세르누크에게 5만 코인을 지불하였다.

　하지만 그렇다고 해서 그것이 완전히 세르누크의 말을 믿는다는 뜻은 아니었다.

"모든 일이 끝나기 전까지, 너도 여길 벗어날 수 없어. 그건 알고 있겠지?"

"물론."

"대신 네 말이 전부 다 사실로 판명난다면, 너만큼은 무사히 보내 줄 테니 걱정 말라고."

세르누크를 향해 씨익 웃어 보인 카브리엘의 시선이 시커먼 망각의 심연을 향해 고정되었다.

그리고 시간이 조금씩 지날수록, 카브리엘의 표정은 점점 더 상기되기 시작하였다.

to be continued

200평 초대형 24시 만화방

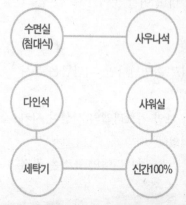

- 수면실 (침대식)
- 사우나석
- 다인석
- 샤워실
- 세탁기
- 신간100%

📖 수원 인계동점

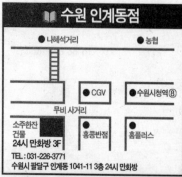

- ● 나혜석거리
- ● 농협
- ● CGV
- ● 수원시청역⑧
- 무비 사거리
- 소주한잔 건물
- 24시 만화방 3F
- ● 홍콩반점
- ● 홈플러스

TEL : 031-226-3771
수원시 팔달구 인계동 1041-11 3층 24시 만화방

📖 의정부점

- 의정부역④⑤
- 흥선지하도
- ◀서울방향
- 진성약국
- ● 던킨도넛츠
- 24시 만화방 3F

TEL : 031-856-3971
경기도 의정부시 의정부동 197-13 3층

📖 주안점

- 주안 남부역
- ◀제물포
- 민병철 어학원
- 간석동▶
- ● 25시 만화방 6F

TEL : 032-426-2871
인천광역시 주안남부역 지하상가 4번 출구 GS25시 건물 6층

📖 안양점

- ● 안양역
- 육교
- ◀관악역
- 명학역▶
- ● 농협
- 24시 만화방 2F
- 안양일번가

TEL : 031-466-3771
경기도 안양시 안양동 674-163 조이당구장건물 2층

허원진 퓨전 판타지 장편소설

아빠는 그냥 강해

다보多寶 신무협 장편소설

피도 눈물도 없는 낭인 천하제일 남궁세가 가주가 되다!

반백의 인생을 무림맹의 개 같은 낭인으로 살다
가족을 잃던 흉변의 그 순간으로 회귀한다

"뭐, 일단 가주가 될 수 있을지 증명부터 하라고?"

모용의 자객, 제갈의 간자, 화산의 위협……
어느 하나 만만한 상대가 없다
하지만 이번에는 절대 도망치지 않는다!

내 가족이 흘린 단 한 방울의 피도 잊지 않겠다
하나씩 되갚아 주마!

퍼펙트 라이프

진유호 현대 판타지 장편소설

완벽하게 망가졌던 이 남자, 완벽해져 돌아왔다?
꼴찌 가장 진동수, 인생의 행복을 붙잡아라!

실패한 사업가, 무능한 사원, 가족들에게 무시받는 가장,
그리고…… 담도암 말기
오열하는 모습까지 SNS에 퍼져 전 국민의 비웃음거리가 되고
실패로 점철된 인생이 나락으로 치달은 그 순간,
벼락 한 방에 모든 게 뒤바뀌었다!

사라진 암세포, 강철 체력, 명석해진 두뇌
밑바닥 인생 진동수에게 남은 일은 이제 성공뿐!
그런데 이 능력……
혼자만 잘 먹고 잘 살라는 건 아닌 것 같다?
눈앞의 붉은 선을 따라가면 위험에 빠진 사람들이!

나의 행복도, 남의 안전도 놓치지 않는다!
화랑친 울보남의 국민 영웅 등극기!